先秦文學導讀 1

先秦詩辭歌賦

吳宏一 編著

目錄

前言

吳宏一

一

我從小就喜歡讀書寫作，進入台大中文系以後，受到一些師長的鼓勵，更對中國文學產生濃厚的興趣。不但想將來以此做為謀生餬口的職業，而且還想以此做為終生努力的志業。

民國六十二年（一九七三）獲得國家文學博士、留校任教以後，我擬定了下列四個奮鬥的方向與目標：

一、撰寫學術論著。這是大學教師應盡的本分，對自己負責，要不斷有研究成果。不但要常發表單篇論文，而且每隔一段時間就應該出版專書著作。

二、加強學術普及。這是對學生及後學者負責，也是做為教師應盡的本分。《禮記・學記》說：「學然後知不足，教然後知困。」聞道固有先後，術業各有專攻，教與學本來就可以相長相濟。在這方面，教學、演講、座談之外，編寫深入淺出的大眾化普及讀物，應該是最宜採行的方式。

三、從事語文教育。這是對社會大眾負責，和前一項一樣，貢獻給教育界和文化界的另一種方式。這也是我個人遭逢的一種機緣。在我獲得博士、留校任教的同時，開始在國立編譯館實際參與中小學以及大專國語文教科書的編審工作。它讓我知道大中小學不同階段的語文教育，各有重點，也各有難處。從事的人不應妄自尊大，也不應妄自菲薄。

四、繼續文藝創作。這是我個人的興趣，從小就養成的，有的可以對外公開發表，有的只是自我心靈的寄託，「只可自愉悅，不堪持贈君」。

我希望自己不僅僅是個學者，同時，也是個作家。

二

以上四項，別的暫且不說，這裡只說與本書有關的第二項。

在編寫大眾化的學術普及讀物方面，從民國六十二年以後，我參與了不少公私機構有關中國文學以及中國文化叢書或套書的編撰工作。有的是主編，是策劃，有的還參與實際的撰稿。其中，有幾個是比較受人注意、印象比較深刻的。略加說明如下：

一、主編長橋出版社的「中國文學精選叢書」：《江南江北》（唐詩賞析）、《曉風殘月》（宋詞賞析）、《小橋流水》（元曲賞析）、《閒情逸趣》（明清小品賞析）。參與撰稿的朋友，有張夢機、顏崑陽、周鳳五、葉國良、呂正惠、何寄澎、洪宏亮、劉漢初、謝碧霞、劉翔飛、陳芳英、陳幸蕙等人。這套圖文並茂的賞析叢書，以詩歌為主，當時不僅在台灣風行一時，引起同類書籍出版的熱潮，在香港也曾出現盜印本（封面主編的姓名改為「吳宏」）。這套書版權後來由長橋負責人鄧維楨轉售給當時負責時報出版公司的高信疆夫婦，至今不知已再版多少次。由於我堅持不再掛名「主編」，如今很多讀者已不知此書與我有關。這套書觸發了我想整理中國古典詩歌系列的念頭。後來的《白話詩經》、《詩經新繹》，就是重新踏出的第一步。

二、譯注台灣新生報的《白話論語》。這是當時謝東閔副總統倡導家家讀《論語》、由新生報石永貴社長邀我白話直譯《論語》而促成的。《白話論語》一書，我幾個月內就完成全稿，由該社連載、出版。據石社長告訴我，該書銷售量達百版之多，後來還附加辜鴻銘的英譯《論語》，出版了中英對照本。這本書的暢銷，使我明白經典名著可以千古不朽的含意，也更加堅定了我用白話譯注整理中華文化古代典籍的信心。後來新繹「人生三書」：《論語新繹》、《老子新繹》、《六祖壇經新繹》，就是由此而起。

三、編著桂冠出版社的「先秦文學導讀」四冊。這是我整理「中國古典文學名著導讀」的開始。當時我在香港中文大學任教，編著時爭取出版的朋友頗有一些，最後我決定交給桂冠的賴阿勝先生，他的背後支持者是楊國樞教授。那時候，我想結合中國古典文學和傳統文化，從流傳後世的經典名著中，選些名篇佳作，大致依照時代的先後，經過整理，分類編輯。第一輯就稱為「先秦文學導讀」，分為《詩辭歌賦》、《史傳散文》、《諸子散文》、《神話寓言》四冊。

那時候，我雖然眼睛患了白內障及視網膜剝離，三次開刀，卻還同時負責主編了中山學術文化基金會的「中山文庫」人文類三十四種、黎明文化事業公司的「文學與思想叢書」十幾冊，和圖文出版社的「語文圖書館」中小學生讀物數十冊，等等，有的已涉及語文教育類，卷帙都很繁富可觀。記憶中還不止這些，就不一一贅舉了。量是夠多，忙是夠忙，但不管如何，我總堅守一個原則：我應該認真工作。對有意義的事，一次沒做好，我會繼續努力做。

古人說得好：「雖不能至，心嚮往之！」

三

「先秦文學導讀」四冊，一九八八年九月三十日由台北桂冠圖書公司出版。當時，我曾賦詩二首，七絕七律各一首，來抒寫我的欣喜之情。茲錄之如下：

（一）

每愛明清溯漢唐，忍看墳典竟淪亡？
不因病目傷零落，十載編成翰墨香。

（二）

十載編成翰墨香，書中至味不尋常。
守先唯是傳薪火，汲古何曾為稻粱。
左策莊騷無欲憾，詩書易禮細商量。
今朝了卻平生願，憑付旁人說短長。

由於編印精美，校對確實（多謝張寶三教授義務幫助），這套書初版四千套不久就銷售完了。後來桂冠結束營業，市面上開始出現盜印本。其間，有人知道我已收回版權，曾慫恿我修訂再版。像吳興文學弟就是其中熱心者之一。不過，我因為工作忙，從學校退休後，仍然一直忙於新的寫作計畫，所以不以為意。而且，真要修訂，其實也不容易。

我所有編著的學術普及讀物，上文說過，都堅守著一個原則。對讀者而言，它們不但要能增進學術知識，而且要能陶冶身心，做為修身處世的參考，最少也要有益於閱讀及寫作能力。在寫作體例方面，我也一直堅持著：版本要經過挑選，注解要力求簡明，翻譯要淺白、能直接對照原文，析論則須參考前人時賢的研究成果。最好還能說明時代的背景，以及作家作品的特色與價值，等等。

在這樣的自我要求下，修訂一套書，往往牽一髮而動全身，真是談何容易！因此這一次遠流出版公司有意重印這套書，經我考慮答應之後，與責任編輯曾淑正女士商議決定這樣處理：一、由我重新審閱全書，修訂文字；二、改動部分內容，略作調整補充，例如在《神話寓言．

山海經》中增加筆者近作〈讀山海經札記〉十五則；三、尊重版權新規定，刪去若干附錄，例如游國恩、傅斯年、沈剛伯、錢穆、陳大齊等人所作的參考論文。除此之外，在內容上可以說沒有什麼大的變動。

在我心目中，這些先秦文學的名篇佳作，雖然都是兩三千年前的古人所作，經歷的時間久遠了，時代的環境改變了，語言的習慣不同了，但經過注解、語譯、分析、說明後，他們的智慧和精神仍然可以保存下來，永遠有光輝，與我們同在。它們就像一串串珍珠一般，也許經歷的時間久了，有些塵汙晦暗，但經過擦拭，仍將恢復原來的光澤，值得大家欣賞。

四

我從小就喜歡弘一和尚李叔同的詩詞，愛唱他填詞的歌曲。除了「長亭外，古道邊。芳草碧連天」之外，我還記得他有一首短詩。

民國二十四年（一九三五）四月，他到惠安崇武淨峰寺為當地僧眾講演佛法，還種了菊花。十月下旬離開淨峰回泉州時，他留下〈淨峰種菊臨別口占〉五絕一首。詩前有序：「乙亥四月，余居淨峰。植菊盈畦。秋晚將歸去，猶復含蕊未吐。口占一絕，聊以志別。」詩是這樣寫的：

我到為植種，我行花未開。
豈無佳色在，留待後人來。

詩句簡短，造語平淡，但讀了卻令人覺得它蘊含禪趣，情味深長。我一直喜愛這首詩，現在發現它頗能反映我修撰此書時的心境，因此抄錄在這裡，權且做為前言的結語。是的，「豈無佳色在？留待後人來！」

二〇一九年四月台北惜水軒

校後附記：六月中旬，此書遠流新版初校交稿後，即因上次視網膜手術扣鐶脫落，再度入住台大醫院開刀摘除。一切順利，日前正靜養中。主治楊長豪醫師在此書桂冠版出版時，尚為實習醫師，三十年來，已巍然成為眼科名醫矣。今使我有眼力能為此書二校排印稿，尤所感念，值得一記。真所謂歲月靜好，人間有情也。

二〇一九年七月十八日

編注凡例

一、「先秦文學導讀」所選以經典史籍中的名篇佳作為主，大致依時代先後分類編注，依序為《先秦詩辭歌賦》、《先秦史傳散文》、《先秦諸子散文》、《先秦神話寓言》四冊。

二、各冊選文不但注意韻文、散文之分，同時也考慮記敘、論說及各種應用文體文類的來歷。期使讀者對先秦文學的演進，有基本的認識。

三、所選作品，盡量顧及名著名家的特色、各種文體的演進，以及在文學史上的意義。尤以具有開創、影響等代表性的作品為優先。

四、各冊分若干單元，皆附解題。除詩歌類外，各篇體例皆依原文、注釋、語譯、析論為序，並視需要，附參考資料於後，供讀者參閱。

五、注解力求簡明，必要時才引錄原文或注明出處，凡有涉及尚未定案之爭論者，或介紹其中一二種說法，或闕其疑。

六、語譯以直譯為原則，析論則旨在提供閱讀方法，此與注文皆曾多方參考前人時賢研究成果，為避免繁瑣，不一一標出，非敢掠美。

【壹】

詩經

《詩經》解題

《詩經》是我國第一部詩歌總集，原來只叫做《詩》，或《詩三百》，到了戰國末年，才和《易》、《書》、《禮》、《春秋》等被儒家尊稱為「經」。它全部有三一一篇，其中六篇只有篇名沒有詩，所以實際上只有三〇五篇。稱它為《詩三百》或《三百篇》，是取其成數來說的。著成的年代，最早的詩篇，大約在西周初年，最遲的已在春秋中葉。它包括了這段期間的民間歌謠、士大夫作品和祭祀的頌辭。

《詩經》中除了極少數的篇章，是現在湖北北部江漢一帶的作品以外，其餘各篇產生的地域，大約都在現在的陝西、山西、河南、山東四省境內。所以它的絕大部分，可以說是黃河流域所產生的北方文學。

《三百篇》在春秋時代是可以入樂的。當時通行賦詩的風氣，在外交的宴會裡，各國使臣往往要點一篇或幾篇詩叫樂工唱，賦詩以示意。貴族在日常生活裡，也常要用它來諷諫、頌美，獻詩陳志，或表示情意，大致都從詩篇裡斷章取義。斷章取義是不管詩篇上下文的意義，只取其中的幾句，就當時的環境，作政治的暗示。到了孔子時代，賦詩的事已不通行了，他卻將《三百篇》加以整理，用它來討論為學做人的道理。他曾用「思無邪」一句話，來包括《詩三百》的意義。後來解釋《詩經》的儒生，大都學他。最有權威的是毛氏（毛氏有二：一叫毛亨，人稱「大毛公」；一叫毛萇，人稱「小毛公」）《詩傳》和鄭玄《詩箋》，差不多都是斷章取義，都是以史證詩。他們接受孔子「思無邪」的見解，又摘取孟子「知人論世」的主張，別裁古代的史說，拿來證明那些詩篇是何時所作，為何而作。

《詩三百》分為風、雅、頌三類。這三類有人以為都從音樂得名。風是風謠，是各地方的樂調，「國風」就是各國風土歌謠的意思；雅就是夏，有「正聲」的意思，是周朝直接統治地區的音樂；頌有形容的意思，它是一種宗廟祭祀用的舞曲。在《三百篇》中，風包括〈周南〉、〈召南〉、〈邶〉、〈鄘〉、〈衛〉、〈王〉、〈鄭〉、〈齊〉、〈魏〉、〈唐〉、〈秦〉、〈陳〉、〈檜〉、〈曹〉、〈豳〉等十五國風，有詩一六〇篇，大部分是民間歌謠，小部分是貴族作品；雅分〈大雅〉、〈小雅〉，有詩一一一篇，其中有六篇，只有篇名沒有詩，〈小雅〉大部分是貴族的作品，小部分是民間歌謠，〈大雅〉則全是貴族的作品，其中有敘事詩，也有祭祀詩；頌分〈周頌〉、〈魯頌〉、〈商頌〉，有詩四〇篇，都是貴族的作品，這些樂歌用於宗廟祭祀和歌頌祖先。《詩經》的精華，是〈國風〉和〈小雅〉，尤其是其中的民間歌謠。

詩有所謂六義。六義就是風、雅、頌、賦、比、興。風、雅、頌是說詩的性質；賦、比、興是說詩的作法。風、雅、頌，上面已經談過，這裡只談賦、比、興的意義。賦、比、興的說法很多，大約說來，賦是鋪陳直敘的意思；比是比方，拿這件事物來比方那件事物；興是聯想，從這件事物聯想到那件事物。比、興都是譬喻，但是興往往在詩篇的發端。

《詩經》的作者，絕大多數已不可考，能夠知道的，只有寥寥幾篇。詩中重疊複沓的地方很多，大概是為了增加詠歌的情調。詩句雖然從二字一句到九字一句的句子都有，但卻以四字一句為主。

《詩經》是我們必讀的一部經典，它不但反映了從西周初年到春秋中葉那五百多年政治社會及宗教思想的種種情況，而且，在文學上，它也是後代一切純文學的鼻祖。

《詩經》的參考書，可謂不勝枚舉，除了《十三經注疏》本的《毛詩注疏》等古籍之外，近人時賢的有關著作，像屈萬里先生的《詩經詮釋》、糜文開與裴普賢合著的《詩經欣賞與研究》、余冠英的《詩經選》或周錫䪖的《詩經選》等書，對讀者而言，都很簡便，有一定的參考價值。

詩經選

關雎

關關雎鳩❶，
在河之洲❷。
窈窕淑女❸，
君子好逑❹。

參差荇菜❺，
左右流之❻。
窈窕淑女，
寤寐求之❼。
求之不得，
寤寐思服❽。
悠哉悠哉，

【語譯】

關關和鳴的雎鳩，
並棲黃河的沙洲。
嫺靜美麗的姑娘，
是公子的好配偶。

長短不齊的荇菜，
左右順著水流採。
嫺靜美麗的姑娘，
醒時睡時難忘懷。
想要追求追不到，
日夜神魂常顛倒。
相思情意長又長，

輾轉反側❾。　翻來覆去睡不好。

參差荇菜，　長短不齊的荇菜，
左右采之❿。　左邊右邊採又採。
窈窕淑女，　嫻靜美麗的姑娘，
琴瑟友之⓫。　彈琴鼓瑟表親愛。
參差荇菜，　長短不齊的荇菜，
左右芼之⓬。　左邊右邊揀著採。
窈窕淑女，　嫻靜美麗的姑娘，
鐘鼓樂之。　敲打鐘鼓娶過來。

【注釋】

❶ 關關：擬聲詞，這裡用來形容雎鳩的鳴叫聲。雎鳩：一種水鳥。

❷ 河：黃河，《詩經》中的「河」，都指黃河。洲：水中的陸地。

❸ 窈窕：幽靜、美好的樣子。

❹ 君子：古代貴族男子的通稱，也可以說是一般男性的美稱。逑：配偶。一說，「好逑」在這裡是動詞，是心生愛慕而希望成為配偶的意思。

❺ 參差：長短不齊。荇：一種可以食用的水草。

❻ 流：這裡有順著流水尋求、採取的意思。

❼ 寤寐：這裡有整天、日夜的意思。寤：睡醒。寐：睡著。

❽ 思服：想念。服：念。服的古音，與「側」同韻。

❾ 輾轉反側：是說翻來覆去，不能安睡。輾、轉是同義詞。反：覆身而臥。側：側身而臥。

❿ 采：同「採」字。

⓫ 琴瑟友之：彈琴鼓瑟來親近她。友：這裡當動詞用，親愛。

⓬ 芼（音「貌」）：選擇。

析論

〈關雎〉選自〈周南〉，是《詩經》的第一篇。〈周南〉是十五〈國風〉之一。西周初年，周公旦住在現今洛陽一帶，統治東方諸侯。周南據說就是在周公統治下的南方（今洛陽以南直到湖北）的詩歌。也有人說：周南地區，在今洛陽一帶，南則指南方音樂，兼採有江漢流域的詩歌。寫作時代可以晚到東周。《詩經》通常採用每篇第一句裡的兩個字或幾個字，來作為篇名。〈關雎〉就是從詩中第一句「關關雎鳩」取其中二字來的。

古人說：「詩無達詁」，《詩經》中的每一篇，前人幾乎都有好幾種不同的解釋。像〈關雎〉這首詩，漢代的儒者多從政教立論，有的說是讚美文王之化、后妃之德；有的說是諷刺康王好色晏起，不能早朝，意在勸戒、刺時。宋代以來，有人認為這是一首祝福貴族新婚的詩歌，因為娶妻而用鐘鼓，在當時不是平民所能享用；也有人認為這是一首情歌，描寫男子對窈窕淑女的愛慕之情。可見說法並不一致。在我們看來，漢儒的解釋雖然為配合政教風化，不免迂曲，但在世道人心上，也自有它的裨益，不必一筆抹殺它的價值。同樣的道理，人是感情動物，愛的表現，情的流露，都是天經地義的事情，只要能「思無邪」，也不必把宋以來的一些學者，斥為離經叛道。

我們以為〈關雎〉是一首描寫男子追求一位採荇菜的淑女的情歌。全詩可以分成三章。第一章因物起興，因為看到河洲上一對對的雎鳩，而聯想到淑女是君子的佳偶。相傳雎鳩這種水鳥，雌雄之間，情意專一，不肯亂交，所以詩人用來起興，說「窈窕淑女，君子好逑」。

第二章是寫追求淑女不能得到時的苦悶。那個採荇菜的姑娘，左右採荇時的美好姿態，使追求她的男子，朝思暮想，難以忘懷。

第三章承上章而來，是寫男子思慕淑女，「求之不得，輾轉反側」時幻想的情景。「琴瑟友之」是幻想彈奏琴瑟去結識她、親近她。「鐘鼓樂之」是幻想敲打鐘鼓去取悅她、迎娶她。都是寫男子想像求得淑女後親愛、美滿的情景。

也有人把這首詩分為四章。第一、二章同前；第三章是「參差荇菜，左右采之」以下四句，寫親近淑女時的情景；第四章是「參差荇菜，左右芼之」以下四句，寫迎娶淑女的情景。這樣解釋，層次分明，也頗為可取。

野有死麕

詩經・召南

野有死麕❶，
白茅包之。
有女懷春，
吉士❷誘之。

林有樸樕❸，
野有死鹿。
白茅純束❹，
有女如玉。

舒而脫脫兮❺，
無感我帨兮❻，

【語譯】

郊外有一隻誘鹿，
潔白茅草包裹牠。
有位姑娘動春心，
俊美青年引誘她。

林中有叢生小樹，
郊外有一隻誘鹿。
潔白茅草捆成束，
有位姑娘美如玉。

緩緩而又輕輕喲，
不要扯我佩巾喲，

無使尨❼也吠。

不要讓狗呀亂叫！

【注釋】

❶ 死麕：誘鹿。死：這裡疑是「囮」（音「由」）的訛字，誘的意思。說見杜其容〈說詩經死麕〉（《臺大中文學報》創刊號）。麕：小獐，鹿的一種。

❷ 吉士：好青年，男子的美稱。

❸ 樸樕（音「素」）：叢生的小樹。

❹ 純：古同「屯」，和「束」字同義，都有捆的意思。

❺ 脫脫：緩慢的意思。脫：一作「娧」，美、好的意思。

❻ 感：同「撼」，扯動。帨（音「稅」）：佩巾，圍裙。

❼ 尨：多毛的猛狗。

析論

〈野有死麕〉，選自〈召南〉。〈召南〉和〈周南〉並稱「二南」。舊說：召指召公姬奭，他和周公分陝而治，封地在周朝祖先創建周國的南疆，所以叫做召南；也有人以為：召指召虎；〈召南〉的詩歌，產生的時代已在西周末、東周初之際。

這一首詩，像〈國風〉中其他詩篇一樣，歷來有很多不同的解釋。有人以為它是淫詩，描寫青年男女戀愛的心聲；也有人以為它是一首讚美貞潔女子的詩篇；另外還有人認為它寫的是賢士拒絕招隱。我們這裡，採用第一種說法。

詩分三章。第一章和第二章文意相承，可以合看。第一章的「野有死麏」和第二章的「野有死鹿」意思一樣。歷來的注家，都把死麏、死鹿解釋為鹿皮，因為這是古代婚禮納徵時，用來送給女方的禮物。為了這樣來解釋詩意，所以，不能不把「樸樕」和「白茅」解釋為古人結婚時用為燭火的材料。這樣的解釋，雖然也講得通，可是，死麏和下文的「吉士誘之」，死鹿和下文的「有女如玉」，二者之間，究竟有些什麼樣的關係？仔細思索，就會發現歷來的解釋，實有窒礙難通之處。杜其容〈說詩經死麏〉一文，根據《說文繫傳》、《說文解字注》等書反覆參證，考知詩中「死」這個字，原是「囮」的訛誤，而囮就是誘，也就是用來引誘禽鳥的媒體。我們知道古人射獵，習慣上是要用媒體的，例如說射虎要用虎媒，捉鹿要用鹿媒等等。死麏、死鹿，原來是誘麏、誘鹿，這樣講解，和下文的「有女懷春，吉士誘之」等等，才能上下文義通暢。所以，我們在這裡，採用了杜先生的說法。

第一、二兩章寫一位青年獵人，在郊外林中遇見了一位如花似玉的懷春少女。他想追求她，所以引誘她、挑逗她。「死麕」、「白茅」、「樸樕」、「死鹿」等等，正是這位青年獵人射獵時用以誘鹿的媒體，因此詩人由此起興。

第一章寫青年獵人引誘懷春少女，第二章寫懷春少女接受了吉士的追求，「有女如玉」一句直寫她的膚色之美，意在言外。第三章則是少女對吉士所說的話。她希望青年獵人動作不要粗魯，不要驚動獵犬。層層遞進，這也是《詩經》在表現手法上常見的特色。

燕燕

詩經．邶風

燕燕于飛，
差池❶其羽。
之子于歸❷，
遠送于野。
瞻望弗及，
泣涕如雨。

燕燕于飛，
頡之頏之❸。
之子于歸，
遠于將之❹。
瞻望弗及，

【語譯】

燕子燕子在飛翔，
參差不齊那翅膀。
這個人兒要歸去，
遠遠送到郊野上。
抬頭遙望不見了，
流淚就像雨一樣。

燕子燕子在飛翔，
雙雙飛上又飛下。
這個人兒要歸去，
遠遠地去送別她。
抬頭遙望不見了，

佇立以泣。
燕燕于飛，
下上其音。
之子于歸，
遠送于南❺。
瞻望弗及，
實勞我心。
「仲氏任只❻，
其心塞淵❼；
終溫且惠❽，
淑慎其身。
先君❾之思，
以勖寡人❿。」

久久站著而淚下。
燕子燕子在飛翔，
低低高高那呢喃。
這個人兒要歸去，
遠遠送行到南邊。
抬頭遙望不見了，
真是讓我太掛念。
「二妹值得親信的，
她的心地厚且深；
始終溫柔又和順，
善良謹慎她為人。
先君曾經這樣想，
可以助我寡德人。」

【注釋】

❶差池：參差不齊的樣子。

❷之子：這個女子。于歸：出嫁，這裡指「大歸」，諸侯女子回祖國。

❸頡（音「協」）、頏（音「航」）：飛上飛下的樣子。一說，頡頏：伸直頸子。

❹將：送。之：她。

❺南：指衛國的南邊。一說，南：同「林」，指郊野。

❻仲氏：老二。古人多以伯仲叔季做為兄弟姊妹的行次。任：信，親信。只：語助詞。

❼塞：「𡫳」的假借字，誠實。淵：深。

❽終：既。溫：良。惠：和順。

❾先君：指死去的君王。

❿勖（音「序」）：勉勵。勖，一作「畜」，教育。寡：國君自稱，這裡指莊姜。《管子．入國篇》：「婦人無夫曰寡。」

析論

〈燕燕〉一詩，選自〈邶風〉。舊說：邶、鄘、衛都是衛地，原是殷商的故土，周武王滅了殷商之後，佔領殷都朝歌（今河南淇縣）一帶，三分其地，是為邶、鄘、衛。邶在朝歌北邊。可是據王國維〈北伯鼎跋〉考證，邶就是燕，即今河南北部、河南北部一帶。

根據〈詩序〉的說法，〈燕燕〉是寫「衛莊姜送歸妾」的作品。衛莊姜是齊莊公的女兒，嫁給衛莊公，所以稱為莊姜。莊姜出身高貴，而又美麗大方，《詩經．衛風》裡的〈碩人〉一詩，就曾讚美她「手如柔荑，膚如凝脂，領如蝤蠐，齒如瓠犀，螓首蛾眉。巧笑倩兮，美目盼兮。」可惜她美而無子，所以衛莊公又娶了陳國的厲媯、戴媯姊妹。戴媯生了兒子，名完，莊姜以為己子，並立為太子，後來即位，就是衛桓公。可是即位未久，衛莊公另一位寵妾所生的兒子，名叫州吁，卻殺死桓公，自立為君。戴媯因為是桓公的生母，所以被遣送回陳國。這首詩就是當時莊姜臨行送別的作品。

詩分四章。前三章都以「燕燕于飛」托興，以「之子于歸」寫別，以「瞻望弗及」抒情。

燕子雙雙，自在飛翔，忽前忽後，忽上忽下，忽高忽低，這些都是用來襯托莊姜和戴媯的勞燕分飛之情。寓情於景，句法略加改化，就覺得生動無比。下文「遠送于野」、「遠于將之」、「遠送于南」也一樣，寫遠送到郊外而分手而至遠去，不但和

「瞻望弗及」互為承應，而且和前三章末句的「泣涕如雨」、「佇立以泣」、「實勞我心」，由先是落淚而佇立而傷心，都顯得整齊之中，富有錯落之美，筆法簡而有致，層層推展，字字寓情。

第四章說明莊姜何以如此傷心送別的緣故。這是因為戴嬀是值得親信的好人，她的心地深厚，誠實和順，而且修身謹慎，所以先君衛莊公早就希望她能協助莊姜，而莊姜和她相處也非常融洽，就因為這樣，當戴嬀被遣回陳國，莊姜遠送的時候，看到眼前「燕燕于飛」的情景，就禁不住「泣涕如雨」了。

這篇作品，是我國早期一首動人的送別詩，《朱子語類》裡朱熹就曾經這樣說：「譬如畫工一般，直是寫得他精神出。」這是說明這首詩，不但能夠描寫盡態，而且能夠敘述入神，難怪贏得很多後代文人的讚賞。清代王士禎在《分甘餘話》中也說：「〈燕燕〉之詩，許彥周以為可泣鬼神。合本事觀之，家國興亡之感，傷逝懷舊之情，盡在阿堵中。〈黍離〉、〈麥秀〉未足喻其悲也。宜為萬古送別之祖。」

除了《毛詩序》的說法之外，韓、魯、齊三家，都以為這首詩是衛定姜送其婦（或其娣）之作，假使這個說法能夠成立，那麼這首詩的寫作年代，應該已是春秋中葉了。

相鼠

詩經・鄘風

相❶鼠有皮，
人而無儀❷；
人而❸無儀，
不死何為？

相鼠有齒，
人而無止❹；
人而無止，
不死何俟❺？

相鼠有體，
人而無禮；

【語譯】

請看老鼠還有皮，
這人竟然沒威儀；
這人既然沒威儀，
不死還要幹啥的？

請看老鼠有牙齒，
這人竟然沒節制；
這人既然沒節制，
不死還要等何時？

請看老鼠有肢體，
這人竟然沒禮儀；

人而無禮，　　這人既然沒禮儀，
胡不遄❻死！　　怎麼還不快死哩！

【注釋】

❶相：看。一說，相：地名。相鼠見人則拱立，故名禮鼠。
❷而：卻，竟。儀：威儀，氣度。一說，儀：同「義」。
❸而：這裡是假設的語助詞。
❹止：節制。一說，止：容止。
❺何俟：等什麼。
❻遄：速，快。

析論

〈相鼠〉一詩，選自〈鄘風〉。舊說：周武王姬發克商之後，分朝歌為三，使人監管，鄘是其一。據王國維〈北伯鼎跋〉的考證，鄘即奄，地在魯國。〈鄘風〉的寫作年代，據〈載馳〉等詩推論，大約是在周平王東遷後一百二十年左右，比〈邶風〉

晚六、七十年。

這首詩，是諷刺在位者沒有容儀威嚴的作品。古代「刑不上大夫，禮不下庶人」，所以詩中諷刺的對象，不會是一般的人民。禮貌威儀是古代統治階級必須講求的，否則無以統治人民。這首詩所諷刺的在位者，言行不能一致，沒有羞恥之心，因此被人詛咒著，說他連禽獸也不如。

詩分三章，每章四句，其中第二、三兩句，字句完全相同，其他的句型，對照之下，也多重複，可是我們讀了，絲毫沒有興味索然之感，反而覺得往復不盡，有加強主題的效果。這是《詩經》的特色，也是它吸引人的地方。

氓

詩經・衛風

氓之蚩蚩❶，
抱布貿絲❷。
匪❸來貿絲，
來即我謀❹。
送子涉淇❺，
至于頓丘❻。
匪我愆❼期，
子無良媒。
將❽子無怒，
秋以為期。
乘彼垝垣❾，

【語譯】

人是這樣笑嘻嘻，
抱著幣帛來換絲。
其實不是來換絲，
是來找我談婚事。
送你涉過了淇水，
一直到頓丘那裡。
不是我拖延佳期，
你沒好好來連繫。
希望你不要生氣，
秋天就來定佳期。
爬上那殘缺土墻，

以望復關⑩。
不見復關，
泣涕漣漣；
既見復關，
載⑪笑載言。
爾卜爾筮⑫，
體無咎言⑬。
以爾車來，
以我賄⑭遷。

桑之未落，
其葉沃若⑮。
于嗟鳩⑯兮，
無食桑葚⑰。
于嗟女兮，

來遙望復關方向。
不能見到復關時，
眼淚汪汪流不完；
已經看到復關時，
有笑有說心歡暢。
你去占卜你算卦，
卦象沒有不祥話。
把你車子拉過來，
把我嫁妝搬回家。

桑樹未到葉落時，
它的葉子多鮮潤。
唉喲斑鳩鳥兒喲，
不要去吃那桑葚。
哎喲年輕姑娘喲，

無與士耽[18]。
士之耽兮，
猶可說[19]也；
女之耽兮，
不可說也。

桑之落矣，
其黃而隕[20]。
自我徂[21]爾，
三[22]歲食貧。
淇水湯湯[23]，
漸車帷裳[24]。
女也不爽[25]，
士貳其行[26]。
士也罔極[27]，

別跟男仕愛過分。
男仕的愛過分喲，
還可以解得開呀；
女人的愛過分喲，
就不能分開來呀。

桑樹到了葉落時，
它就枯黃又飄零。
自從我嫁給了你，
三年吃苦受寒貧。
淇水水流浩蕩蕩，
濺濕了車子帷裳。
女人呀沒有過錯，
男仕行為不一樣。
男仕呀沒有原則，

二三其德㉘。

三歲為婦，
靡㉙室勞矣。
夙興夜寐㉚，
靡有朝矣㉛。
言既遂矣㉜，
至于暴矣。
兄弟不知，
咥㉝其笑矣。
靜言思之，
躬自悼㉞矣。
及爾偕老㉟，
老使我怨。

三心兩意是本色。

三年以來做媳婦，
沒有家事不操勞。
早早起床晚晚睡，
受苦由來非一朝。
我都已經習慣了，
你卻更加粗暴喲。
哥哥弟弟不知情，
哈哈那樣大笑喲。
悄悄地我思量它，
內心暗自悲悼喲。
和你一起到年老，
說到年老使我怨。

淇則有岸，
隰則有泮㊱。
總角之宴㊲，
言笑晏晏㊳。
信誓旦旦㊴，
不思其反㊵。
反是㊶不思，
亦已焉哉㊷！

淇水總是有個岸，
隰地總是有個邊。
結髮時候的歡樂，
有說有笑多欣然。
愛的誓言最誠懇，
沒有想到它會變。
違背誓言你不顧，
也就只好算了哪！

【注釋】

❶ 氓：民，指詩中的丈夫。蚩蚩：笑嘻嘻的樣子。一說，蚩蚩：敦厚、和悅的樣子。

❷ 布：幣帛。貿：買，交換。

❸ 匪：非，不是。

❹ 即：就，接近。謀：商量。

❺ 淇：淇水，在今河南濬縣東北。

❻ 頓丘：地名，在淇水南。一說，頓：敦，厚；頓丘：一重的山丘。

❼ 愆：拖延。

❽ 將（音「槍」）：請，希望。

❾ 垝（音「軌」）：毀壞的垣墻。一說，垝：同「危」，高的意思。垣：土墻。

❿ 復關：地名，在今河南清豐縣西南。一說，復關：關名，在近郊所設的重門。詩中指男子所在的地方。另外，也有人以為復關是指車廂，說法很多，不贅引。

⓫ 載：則，就。

⓬ 爾：你。卜：卜卦，用火燒灼龜甲，根據上面的裂紋來推測吉凶。筮（音「是」）：用蓍草排比推算來占卦。

⓭ 體：用龜蓍占卜所顯示的現象。咎言：不吉祥的話。古人結婚，事先必占卜以問吉凶。

⓮ 賄：財物，指嫁妝。

⓯ 沃：柔。沃若：沃然，柔嫩鮮澤的樣子。

⓰ 于：同「吁」，一作「吁」。鳩：斑鳩，鳥名。

⓱ 桑葚：桑樹的果實。

⓲ 耽：同「酖」，迷戀，沉湎。

⓳ 說：同「脫」，解開，擺脫。一說，說：解說的意思。

⓴ 隕：落下。

㉑ 徂：往，到。

㉒ 三：虛數，古人借指多數，不必實指三年。

㉓ 湯（音「商」）湯：水勢浩大的樣子。

㉔ 漸：沾濕。帷裳：車廂兩旁的布簾，通常為婦人所用。

㉕ 爽：差錯，過失。

㉖貳其行：是說行為不一致。一說，貳：「忒」的借字，差。
㉗罔極：無常，沒有準則。
㉘二三其德：是說三心兩意，前後不一。
㉙靡：無，沒有。室：家務。一說，靡室：沒有入室休息之時。其他說法頗多，不一一列舉。
㉚夙興夜寐：早起晚睡。
㉛靡有朝矣：沒有一個早上不是這樣的。極言其忙。
㉜言：我。一說，言：助詞，無義。遂：順，習慣。一說，遂：久。
㉝咥（音「系」）：哈哈大笑的樣子。
㉞躬：自己。悼：傷心。
㉟及爾偕老：和你白首偕老。這是戀愛男女常有的誓言。
㊱隰：低濕的地方。一說，隰：指漯河。泮：涯，岸。
㊲總：紮。總角：古代兒童常把頭髮紮成兩角，這裡借指結髮為夫妻。宴：安樂。
㊳晏晏：和樂的樣子。
㊴信誓：約定的誓言，似指上文的「及爾偕老」。旦旦：同「怛怛」，誠懇的樣子。
㊵不思其反：沒有想到他會變心。一說：不肯回頭想一想。
㊶是：此，這，指誓言。
㊷已：止，息。已焉哉：算了吧。

析論

〈氓〉這一首詩，選自〈衛風〉。衛是周朝分封的列國之一，初都朝歌，後被狄人侵入，遷都楚丘（今河南滑縣），後來又遷都帝丘（河南濮陽）。最後被魏國所滅。

這首詩，描寫一個棄婦追憶她戀愛、結婚的經過，以及婚後的生活遭遇。

全詩凡六章。第一章寫最初相戀的情形。這位浪子起先對她非常親切，常找藉口來親近她。「抱布貿絲」，不管是解釋為抱著布匹來換絲線，或拿錢來買，都只是這位浪子的藉口而已。他來的目的，主要是想接近她，好談婚姻大事。這位女子為情所動，開始與他往來，曾經送他渡過淇水，一直送到頓丘。這樣看來，有人把這首詩中的「氓」解釋為農夫，恐怕是有待商榷的。這位女子雖然愛他，可是生性矜持，不肯隨便答應他的求婚，她要的是明媒正娶。所以等到這位浪子對她有所誤會時，她就解釋說，並不是我拖延，而是你沒託媒人來提親，並且說「將子無怒，秋以為期」了。

第二章是寫這位女子的待嫁心情。她常常想念他，常常登上那破墻高處，遙望復關。復關，歷來解說很多，很不一致，但是，指那位浪子所在的地方，是沒有疑問的。當她看不到復關時，不禁涕淚汪汪；等到看到了復關，便有說有笑。這充分寫出她的懷念之深、相思之切。第一章說「匪我愆期，子無良媒」，是說她還有少女的矜持，這裡卻說她心心念念，都在他一人身上。「爾卜爾筮」以下四句，簡直是希望男方趕快去卜個卦，趕快備車來迎娶了。「以爾車來，以我賄遷」，說明她已備好嫁妝。待嫁的心情，不言而喻。

第三、四兩章，按照事情先後的順序，應該放在第五、六兩章之後，是寫這位女子後來反悔愛此浪子，藉「桑之未落，其葉沃若」和「桑之落矣，其黃而隕」，來說明愛情的由盛而衰，結婚前後的不同。對這男人的變心，極加譴責。

據《毛傳》說，鳩鳥「食桑葚過則醉，而傷其性。」這是比喻用情太多，對女人來說，反而變成一大負擔。下文說，男人可以擺脫感情的束縛，而女人則無法解脫，可見男女有所不同。因此，她感嘆道：「于嗟女兮，無與士耽」。

第三章寫女子專情，男人變心。第四章也一樣。「女也不爽，士貳其行。士也罔極，二三其德」，這些都是這位女子成為棄婦之後的悔悟之言。不過，第四章的前面幾句，在結構上，頗有前後呼應之妙。「桑之落矣」二句，呼應第三章開頭二句，有借景言情之功。「自我徂爾，三歲食貧」二句，引起下文第五段「三歲為婦」等句，使婚前婚後的生活遭遇，成為鮮明的對照。「三」是虛指，表示多年。「淇水湯湯，漸車帷裳」二句，遙承第一段的「送子涉淇」，遠應第六段的「淇則有岸，隰則有泮」等句。淇水是衛國的水名，棄婦出家門、回娘家，都必須渡過它。《詩經》〈鄘風．桑中〉一詩，有云：

期乎我桑中，　約會我到桑林中，
要我乎上宮，　邀請我到上宮樓，
送我乎淇之上矣。　送別我到淇水口。

可見淇水之上，正有桑林。因此，本詩寫桑之未落，桑之落矣，應該是描寫眼前所見的景物。這些景物，和棄婦的遭遇正好可以互相對照。

第五章是寫這位女子出嫁以後，生活艱苦，家務繁重，早起晚睡，難得休息。她雖然百般依順，無奈男子變心，橫暴有加。即使是自己的兄弟也不知情，反而嘲弄她、開她玩笑。她覺得有怨難訴，只能暗自悲傷而已。這真是寫出千古以來無數棄婦的共同悲哀。古代婦女，出嫁以後，沒有特別原因，是不回娘家的，這裡既然說「兄弟不知，咥其笑笑」，可見她的婚姻已經破裂，被棄而歸了。

第六章寫經此婚變，悔不當初，想起以前的山盟海誓，更覺無所依恃。「老使我怨」的「老」，有年老色弛之悲，似指上句「及爾偕老」的昔日愛情盟誓，已經變質了，同時也呼應第四段的「桑之落矣，其黃而隕」。「淇則有岸，隰則有泮」，是說淇水隰地猶有邊岸，而自己心中的怨恨，卻無盡期。借景喻情，貼切之至。「總角之宴」以下六句，是「及爾偕老，老使我怨」的進一步說明，棄婦心中的悔恨與無奈，在這裡作了最直接的泣訴！

黍離

詩經·王風

彼黍離離[1]，
彼稷[2]之苗。
行邁靡靡[3]，
中心搖搖[4]。
知我者，
謂我心憂；
不知我者，
謂我何求。
悠悠[5]蒼天，
此何人哉！
彼黍離離，

【語譯】

那是小米一列列，
那是高粱的秧苗。
走遠了步伐遲遲，
內心裡晃晃搖搖。
了解我的人兒哪，
說我內心真煩憂；
不了解我的人兒，
說我有什麼要求。
悠悠青天大老爺。
這是怎樣的人咧！
那是小米一列列，

彼稷之穗。
行邁靡靡，
中心如醉。
知我者，
謂我心憂；
不知我者，
謂我何求。
悠悠蒼天，
此何人哉！

彼黍離離，
彼稷之實。
行邁靡靡，
中心如噎❻。
知我者，

那是高粱的新穗。
走遠了步伐遲遲，
內心裡像是酒醉。
了解我的人兒哪，
說我內心真煩憂；
不了解我的人兒，
說我有什麼要求。
悠悠青天大老爺，
這是怎樣的人咧！

那是小米一列列，
那是高粱的果實。
走遠了步伐遲遲，
內心裡像是噎住。
了解我的人兒哪，

謂我心憂；
不知我者，
謂我何求。
悠悠蒼天，
此何人哉！

說我內心真煩憂；
不了解我的人兒，
說我有什麼要求。
悠悠青天大老爺。
這是怎樣的人咧！

【注釋】

❶ 黍：小米，一稱黃米。離離：等於「歷歷」，茂盛的樣子。
❷ 稷：高粱。黍、稷諸家說法不一，這裡採程瑤田說。
❸ 行邁：走得遠了。靡靡：遲遲。
❹ 搖搖：同「愮愮」，憂悶的樣子。
❺ 悠悠：高遠的意思。
❻ 噎：食物梗在喉嚨，透不出氣來。

析論

〈黍離〉一詩，選自〈王風〉。王即王都的簡稱。周平王東遷洛陽以後，無力駕御諸侯各國，表現在詩歌中，也多有亂離悲涼的氣氛。

〈詩序〉說：「黍離，閔宗周也。周大夫行役至於宗周，過故宗廟宮室，盡為禾黍。閔周室之顛覆，彷徨不能去，而作是詩也。」這是說詩人路過宗周故都廢墟，看到黍稷叢生，感慨無限，因而寫下這篇作品。有人以為詩中並無故國之思，所以應該不是慨嘆西周淪亡之作。其他的說法還有，此不贅舉。

全詩分為三章，每章十句，後面六句前後完全相同，第一、三兩句也一模一樣，唯一有變化字句的，不過是每章的第二、四兩句而已。而且，由第一章的「彼稷之苗」，而第二章的「彼稷之穗」，而第三章的「彼稷之實」，所變化的，僅僅是一字之差。同樣的，每章的第四句，由「中心搖搖」，而「中心如醉」，而「中心如噎」，也都是僅僅變化一兩個字。可以說，這是在《詩經》中字句複沓極多的一篇。因為複沓多，因而吟詠起來，別有一番纏綿悱惻的味道。

每章的前二句，是寫眼前之景。黍稷離離，用來襯托周圍的荒涼景象。這些荒涼景象，是「行邁靡靡」者所目睹，「搖搖」、「如醉」、「如噎」則是「行邁靡靡」者當時的內心感受。這種感受，就像稷米由「苗」而「穗」而「實」一樣，一層深似一層。尤其它們聲韻給人越來越急促悲切的感覺，更容易引起讀者的共鳴。「知我者，謂我心憂」四句，寫詩人心中有說不出的苦楚。「此何人哉」的何人，並非詩人果然不知其為何人，而是有所隱諱，不願顯斥，所以只好呼天而訴之了。

子衿

詩經・鄭風

青青子衿❶，
悠悠我心。
縱我不往，
子寧不嗣音❷？

青青子佩❸，
悠悠我思。
縱我不往，
子寧不來？

挑兮達兮❹，
在城闕❺兮。

【語譯】

青青的是你領襟，
悠悠的是我芳心。
縱使我不去看你，
你難道就不回音？

青青的是你玉帶，
悠悠的是我情懷。
縱使我不去看你，
你難道也就不來？

來回走了多少趟，
在城門的觀樓上。

一日不見，
如三月兮。

要是一天不見面，
就好比三個月長。

【注釋】

❶ 子：您。衿（音「今」）：衣領。也有人說是「紟」的借字，就是繫佩玉的帶子。
❷ 嗣音：繼續通音信。嗣，一作「詒」。詒（音「宜」）：寄。
❸ 佩：佩玉的綬帶。
❹ 挑（音「掏」）、達（音「踏」）：往來的樣子。
❺ 城闕：城門兩邊的觀樓。

析論

〈子衿〉選自〈鄭風〉，是寫一個女子等候她情人時的心情。〈鄭風〉就是東周時鄭國的歌謠，地在今河南新鄭一帶。孔子曾說「鄭聲淫」，朱熹也說〈鄭風〉多「淫奔之詩」，可以想見它的風格。尤其其中頗有一些女子愛慕男子的戀歌，大膽熱烈，更惹人注目。〈子衿〉就是其中著名的一篇。

〈子衿〉一詩分為三章。第一章和第二章都是寫一位女子由對方身上的青衿、青佩，來引出對他深長的想念。雖然只換一兩個字，意思也差不多，但讀來不嫌重複，也不覺單調，這種複沓的形色，是歌謠的一大特色。《詩經》中這種例子很多，不勝枚舉。

「青青子衿」的「衿」，有人以為應是「紟」的借字，亦即繫玉的帶子。因為它是一個人身上服飾中最引人注目的東西，所以第一章寫「紟」，第二章寫佩。這種解釋，也可供參考。

「悠悠我心」，是寫等候情人時的思念之情。「子寧不嗣音」、「子寧不來」，是責問，也是真情的流露。至於約會的地點在哪裡，思念又是如何的悠長，在前二章裡，都未曾提到。第三章才就此作了具體的說明。

「挑兮達兮，在城闕兮」，說明她等得不耐煩，不停地來回走著。「一日不見，如三月兮」，說明她的盼望之殷、想念之切。城闕是城門兩邊的觀樓，也是古代男女常相幽會的地方，像〈邶風・靜女〉首章就有這樣的句子：

靜女其姝，　　姑娘安靜又美好，

俟我于城隅；　　等我在城樓一角；

愛而不見，　　愛她卻又找不到，
搔首踟躕。　　搔頭不知怎麼好。

我們可以想見〈子衿〉所描述的女子，在「挑兮達兮」之餘，一定也是「搔首踟躕」的。〈邶風・靜女〉中「愛而不見」的「愛」，有人說通「薆」，是說情人躲藏起來，一時找不到。這樣講，可以想見情人的嬌態，也很有意思。

〈子衿〉這首詩，《毛傳》以為青衿是「學子之所服」，所以〈詩序〉說這首詩是「刺學校廢也」。事實上，古人斜領下連於衿，只要是「父母在者」，深衣自領到衽都以青緣之，所以青衿並不一定是學子之服。也因此，把它當成一首情詩看，或許更恰當些。

雞鳴

詩經・齊風

「雞既鳴矣，
朝既盈矣❶。」
「匪雞則鳴❷，
蒼蠅之聲。」

「東方明矣，
朝既昌矣。」
「匪東方則明，
月出之光。」

「蟲飛薨薨❸，
甘與子同夢；

【語譯】

「報曉的公雞啼啦，
朝會的人到齊啦。」
「不是公雞的啼鳴，
是蒼蠅的飛鬧聲。」

「東方天色放亮啦，
朝會典禮舉行啦。」
「不是旭日的光芒，
是月照時的清光。」

「蒼蠅飛時嗡嗡嗡，
願跟你同床入夢；

會且歸矣，　　只是朝會快解散，
無庶予子憎❹！」　不要讓人罵你懶。」

【注釋】

❶朝：這裡指廟堂，就是君臣聚會的地方。盈：滿。

❷匪：非，不是。則：的，這裡等於文言裡介詞的「之」。

❸薨（音「轟」）薨：飛蟲的聲音，這裡應指「蒼蠅之聲」。

❹無庶予子憎：希望不會惹得人家對你厭惡。「無庶」是「庶無」的倒文。庶：庶幾，表示希望的口氣。予：給與。

析論

〈雞鳴〉選自〈齊風〉。〈齊風〉就是齊國（今山東東北部）的歌謠，產生的年代大致是在東周初年到春秋之間。

這首詩全篇對話體，藉著對話，來描寫一個賢慧的夫人，催促丈夫及早上朝，不要遲到。舊說以為這是賢妃告誡君王的詩篇，也可以說得通。

詩分三章。第一章從聽覺上來寫。夫人說：「雞啼啦，快起床吧。參加朝會的人都到齊啦！」丈夫卻貪睡，不肯起來，只略翻翻身，說：「那不是雞啼，是蒼蠅在飛的聲音。」第二章從視覺上來寫。「東方則明」的時間應該比雞啼的時間晚些。所以這也可以說是在寫時間的推移。前二章是夫婦的對話，一問一答，第三章卻全是夫人告誡丈夫的話語，說得宛轉有理，不愧是賢慧的女性。也有人把第三章解釋為：前兩句是丈夫說的，他還想貪睡不起；後二句是夫人說的，她仍然催促他早起。一樣講得通。

另外，有人把「朝既盈矣」、「朝既昌矣」的盈、昌，都解釋為旭日的光芒，這恐怕有問題。因為第三章有「會且歸矣」這句話，「會」字配合上文來看，應該是和「朝」相承接的，所以「盈」、「昌」用指朝會的人到齊為宜。而且，「昌」有「始」的意思，所以又可引申為朝會已經開始、舉行。

這首詩的男主角，不能只作一般平民看，因為他還要上朝會，所以他必有職位無疑。不過，他的職位高到什麼程度，就無法確定。

〈鄭風〉中有一首〈女曰雞鳴〉的詩，一樣用對話體，而且其中有若干句子和〈雞鳴〉這首詩恰可對照，現在錄譯於下，以供參考：

女曰：「雞鳴。」　女的說晨雞已叫，
士曰：「昧旦。」　男的說尚未破曉。
「子興視夜，　你起來看看夜色，
明星有爛。」　金星閃閃多燦爛。
「將翱將翔，　準備出遊好悠閒，
弋鳧與雁。」　射取野鴨和鴻雁。

陟岵

詩經・魏風

陟彼岵兮❶，
瞻望父兮。
父曰：
「嗟予子，
行役夙夜無已❷！
上慎旃哉❸，
猶來無止❹。」
陟彼屺❺兮，
瞻望母兮。
母曰：
「嗟予季❻，

【語譯】

登上那座青山喲，
遙望故鄉父親喲。
好像聽見父親說：
「唉呀我的好兒子，
服役早晚不停止！
希望保重自己啊，
還能回家莫留滯。」
登上那座童山喲，
遙望故鄉母親喲。
好像聽見母親說：
「唉呀我的小兒子，

行役夙夜無寐❼！　　服役早晚沒休息！
上慎旃哉，　　希望保重自己啊，
猶來無棄❽。」　　還能回家莫相棄。」

陟彼岡兮，　　登上那座山岡喲，
瞻望兄兮。　　遙望故鄉兄長喲。
兄曰：　　好像聽見兄長說：
「嗟予弟，　　「唉呀我的好兄弟，
行役夙夜必偕❾！　　服役早晚都一樣！
上慎旃哉，　　希望保重自己啊，
猶來無死。」　　還能回家莫身亡。」

【注釋】

❶ 陟：登。岵（音「戶」）：有草木的山。
❷ 行役：服役在外，因公出差。已：停止。

❸ 上：一作「尚」，希望的語氣。慎：小心，含有保重的意思。旃（音「沾」）：「之焉」的合聲，語助詞。
❹ 猶來：還能回來。無止：不要停留。
❺ 屺（音「起」）：不長草木的山。
❻ 季：小兒子。
❼ 無寐：不能睡覺。一說，無寐：等於「無已」。
❽ 棄：死的意思。
❾ 偕：俱，一樣。一說，偕：強的意思。

析論

〈陟岵〉一詩，選自〈魏風〉。魏是周初所封的諸侯之一，後來被晉獻公所滅。它和戰國時代三晉之一的魏國是不同的。〈魏風〉都是春秋初期的作品，產生地域在今山西西南部一帶。因為地瘠民貧，所以〈魏風〉中反映社會疾苦的作品不少。

〈陟岵〉是一首描寫征夫懷鄉思親的詩。在表現手法上，這首詩非常特別。它不直接寫征夫如何如何懷鄉思親，反而調轉筆鋒，寫征夫想像家人如何想念、祝福自己，因而顯得曲折有致，比直敘還要動人。

詩凡三章。第一章，寫想念父親。「瞻望」二字是全篇的中心，因為一切親人對征夫的想念、祝福，都是從瞻望中想像出來的。第二章寫懷念母親。「嗟予季」一語，備見「娘愛么兒」之情。第三段寫懷念兄長。三章都不說自己如何懷念親人，反而說親人如何懷念自己；三章都不說自己知道保重自己，反而說親人要他自己好好保重。這些寫法，都是越說別人，就越扣緊到自己的身上，使讀者覺得情味深厚。

在斷句方面，第一章「嗟予子，行役夙夜無已」二句，有人斷為「嗟予子行役，夙夜無已」，第二、三章同此。我們覺得依韻求之，第一章的子、已、止等字協韻；第二章的季、寐、棄等字協韻；第三章的弟、偕、死等字協韻，所以我們的斷句，斷成現在的樣子。

另外，「行役夙夜無已」、「行役夙夜無寐」、「行役夙夜必偕」這三句，有人不解釋為憐憫征夫行役疲累之詞，而解釋為：希望征夫夙夜匪懈，好自為之。這樣的解釋，轉消極為積極，使憐憫成鼓勵，就目前教育的觀點來說，也自有其一定的時代意義。

蒹葭

詩經・秦風

蒹葭蒼蒼❶，
白露為霜。
所謂伊人❷，
在水一方。
遡洄從之❸，
道阻且長；
遡游❹從之，
宛❺在水中央。

蒹葭淒淒❻，
白露未晞❼。
所謂伊人，

【語譯】

蘆荻一片青蒼蒼，
秋天朝露變成霜。
所說的那個人哪，
就在水的另一方。
逆著曲水去找他，
道路難行又漫長；
逆著直水去找他，
卻像就在水中央。

蘆荻萋萋一大片，
朝露還沒被曬乾。
所說的那個人哪，

在水之湄。
遡洄從之，
道阻且躋[8]；
遡游從之，
宛在水中坻[9]。

蒹葭采采，
白露未已[10]。
所謂伊人，
在水之涘[11]。
遡洄從之，
道阻且右[12]；
遡游從之，
宛在水中沚[13]。

就在水的另一邊。
逆著曲水去找他，
上坡高險行路難；
逆著直水去找他，
卻像在水中高灘。

一片蘆荻如錦繡，
白露未乾正清秋。
所說的那個人哪，
就在水的另一頭。
逆著曲水去找他，
彎彎曲曲路又陡；
逆著直水去找他，
卻像在水中沙洲。

【注釋】

❶ 蒹葭（音「尖加」）：就是蘆荻。蒹：荻；葭：蘆，都是生在水邊的植物。蒼蒼：茂盛的樣子。
❷ 伊人：那人，指所追尋的人，伊：指示代詞。
❸ 遡（音「速」）：同「溯」，是逆水而上的意思。這裡是說傍水走向上游。洄：迂迴曲折的水道。從：就，近。
❹ 游：意同「流」，就是直流的水道。
❺ 宛：彷彿可見的樣子。
❻ 淒淒：一作「萋萋」，茂盛的樣子。和「蒼蒼」、「采采」同義。
❼ 晞（音「西」）：乾。
❽ 躋（音「基」）：登，升上。
❾ 坻（音「池」）：水中高地。
❿ 已：這裡和「晞」同義，是乾的意思。
⓫ 涘（音「似」）：水邊。
⓬ 右：道路向右拐彎，也就是迂曲的意思。
⓭ 沚（音「止」）：水中的陸地。

析論

〈蒹葭〉選自〈秦風〉，就是秦國（今陝西、甘肅一帶）的歌謠。歷來讀《詩經》

的人，給〈蒹葭〉的評價很高，甚至有人認為它是《詩經》中最優美的詩篇。像王國維《人間詞話》就說：「《詩》〈蒹葭〉一篇，最得風人深致。」

全詩分為三章，也採用複沓的形式，因為它的音調諧暢，措詞清亮，旨意含蓄，寄興深微，所以令人低徊往復，回味不已，絲毫沒有單調重複之感。

「白露為霜」等句，點明秋天的清晨。有人說秋天是懷人的季節，在這個季節裡，作者想起了秋水伊人。伊人自然是指詩人所思慕的對象，但是，因為古代詩人慣用「伊人」、「美人」來作隱喻，所以有人以為這首詩應有寄託。有人說伊人是隱士，有人說伊人是賢才，有人說伊人是男性，有人說伊人是女性，可以說眾說紛紜，莫衷一是。不過，無論如何，伊人總是指詩人心目中的一個值得傾慕的對象。這個人清高絕俗，遺世獨立，住在水一方，令人可望不可即。真的是：只在此「水」中，雲深不知處！

「遡迴從之」以下，是寫尋訪伊人的過程。一個秋天的早晨，詩人先是「遡洄從之」，後則「遡游從之」，先則道路險阻而且漫長，後則可望不可即。從詩句看來，伊人的所在，應該是一條曲水和直水相交的地方，所以詩人如果走向曲水的上游，雖然可以曲曲折折繞到伊人所在的地方，但道路險阻而且遙遠；如果沿著直流上行，雖然可以看到伊人在曲水的彼方，但隔著水卻可望不可即。「宛在」，依稀彷彿的意思，這種迷離淒美的意境，或許更令人嚮往。

蒹葭由「蒼蒼」而「淒淒」而「采采」，白露由「為霜」而「未晞」而「未已」，是寫時間的推移。伊人由「在水一方」而「湄」而「涘」；「遡洄從之」時由「道阻且長」而「躋」而「右」；「遡游從之」時由「宛在水中央」而「坻」而「沚」，是寫空間的推移。層次分明，在寫實中又深具空靈之美，每章雖然只易數字，卻勝過千變萬化。古人說：「融七彩於一白」，即此之謂乎？

七月

詩經・豳風

七月流火❶，
九月授衣❷。
一之日觱發❸，
二之日栗烈❹；
無衣無褐❺，
何以卒歲？
三之日于耜❻，
四之日舉趾。
同我婦子，
饁彼南畝❼。
田畯❽至喜。

【語譯】

七月火星偏向西，
九月老少添寒衣。
十一月北風淒切，
十二月天氣凜冽；
粗細衣裳無一件，
如何挨過這一年？
正月裡修理農器，
二月舉足下田地。
妻子兒女在一起，
送湯送飯到田裡。
農官來到笑嘻嘻。

七月流火，
九月授衣。
春日載陽❾，
有鳴倉庚❿。
女執懿筐⓫，
遵彼微行⓬，
爰求柔桑⓭。
春日遲遲⓮，
采蘩祁祁⓯；
女心傷悲，
殆及公子同歸⓰。

七月流火，
八月萑葦⓱。
蠶月條桑⓲，

七月火星偏向西，
九月老少添寒衣。
春天一到好太陽，
黃鶯唱歌聲嘹亮。
姑娘拿著深竹筐，
走在那條小路上，
去採養蠶的嫩桑。
春天太陽慢慢移，
白蒿採到竹筐齊；
姑娘心裡好憂慮，
怕被公子帶回去。

七月火星向西沉，
八月蘆葦好收成。
三月修剪桑樹忙，

取彼斧斨[19]，
以伐遠揚[20]，
猗彼女桑[21]。
七月鳴鵙[22]，
八月載績[23]，
載玄載黃[24]，
我朱孔陽[25]，
為公子裳。

四月秀葽[26]，
五月鳴蜩[27]。
八月其穫[28]，
十月隕蘀[29]。
一之日于貉[30]，
取彼狐狸，

拿起那些斧和斨，
砍掉枝高與條長，
攀住枝條採嫩桑。
七月伯勞把歌唱，
八月紡織事更忙，
把絲染成黑與黃，
紅的顏色最漂亮，
獻給公子做衣裳。

四月苦葽結果實，
五月蟬鳴聲不止。
八月收穫最相宜，
十月落葉飄滿地。
十一月舉行貉祭，
一起打獵捉狐狸，

為公子裘。
二之日其同[31]，
載纘武功[32]；
言私其豵[33]，
獻豜于公[34]。

五月斯螽動股[35]，
六月莎雞振羽[36]。
七月在野，
八月在宇[37]，
九月在戶，
十月蟋蟀入我牀下。
穹窒[38]熏鼠，
塞向墐戶[39]。
嗟我婦子，

獻給公子做皮衣。
十二月大家會齊，
繼續打獵習武藝；
小的野獸給自己，
大的獻上公家去。

五月斯螽拍兩股，
六月莎雞鼓雙翅。
七月蟋蟀在田郊，
八月已在簷下叫，
九月更向門前鬧，
十月竟到牀下了。
搬空屋子熏老鼠，
關緊北窗修門戶。
可嘆老妻和孩子，

曰為改歲[40]，
入此室處。

六月食鬱及薁[41]，
七月亨葵及菽[42]。
八月剝[43]棗，
十月穫稻[44]。
為此春酒[45]，
以介眉壽[46]。
七月食瓜，
八月斷壺[47]，
九月叔苴[48]。
采荼薪樗[49]，
食[50]我農夫。

說是舊歲即將除，
才能搬進屋裡住。

六月吃唐棣櫻薁，
七月烹葵菜大豆。
八月打棗拿在手，
十月稻子已全收。
釀成凍醪這春酒，
祝福大家都高壽。
七月吃瓜把瓜採，
八月摘下瓠瓜來，
九月拾取蔴子曬。
掐些苦菜打些柴，
給我農夫做羹菜。

九月築場圃❺❶，
十月納禾稼❺❷。
黍稷重穋❺❸，
禾❺❹麻菽麥。
嗟我農夫，
我稼既同❺❺，
上入執宮功❺❻。
晝爾于茅❺❼，
宵爾索綯❺❽；
亟其乘屋❺❾，
其始播百穀。

二之日鑿冰沖沖❻⓿，
三之日納于凌陰❻❶；
四之日其蚤❻❷，

九月墊好打穀場，
十月稻穀就進倉。
黍稷不管早和晚，
米麻豆麥滿袋裝。
感歎我們莊稼漢，
大家農事才做完，
又把築宮差事幹。
白天割得茅草多，
夜晚還要把繩搓；
抽空趕快蓋房屋，
又將開始播百穀。

嚴冬打冰沖沖響，
正月放進冰窖藏；
二月拿冰來上祭，

獻羔祭韭。
九月肅霜[63]，
十月滌場[64]。
朋酒斯饗[65]，
曰殺羔羊。
躋彼公堂[66]，
稱彼兕觥[67]，
「萬壽無疆。」

獻上韭菜和羔羊。
九月天高又氣爽，
十月清掃曬穀場。
酒備兩樽會鄉黨，
宴客破例殺羔羊。
齊上公家大廳堂，
端起那牛角酒杯，
祝福您萬壽無疆。

【注釋】

❶七月：指夏曆（農曆）七月。下文「八月」、「九月」、「十月」同。流：這裡是說向下降。火：星名，即心宿（音「秀」），為二十八星宿之一。它在夏曆六月前，出現在正南方，位置最高，到了七月，就偏西向下。

❷授衣：是說裁製禦冬的寒衣。

❸一之日：指周曆一月的日子。周曆一月，等於夏曆十一月，下文「二之日」、「三之日」、「四之日」，依此類推。觱（音「必」）發：形容風寒的樣子。

❹ 栗烈：是說天氣非常寒冷。

❺ 褐（音「何」）：粗布衣。

❻ 于耜：整理農具。于：為、整治的意思。

❼ 饁（音「夜」）：送食物。南畝：泛指田地。

❽ 田畯（音「俊」）：農官，又叫農正。

❾ 載：這裡當「開始」講。陽：溫暖的意思。

❿ 有：動詞詞頭。倉庚：鳥名，就是黃鶯。

⓫ 懿筐：深美的竹筐。

⓬ 遵：循，順著。微行（音「航」）：小路。

⓭ 爰：於是。柔桑：初生的嫩桑葉。

⓮ 遲遲：慢慢（移動）的樣子，指白大漸長。

⓯ 蘩（音「凡」）：菊科植物，又叫白蒿。祁祁：眾多的樣子。

⓰ 殆及公子同歸：只怕被公子強迫帶回家去。殆：推測的語氣，有恐怕是、只怕的意思。

⓱ 萑（音「環」）葦：就是蒹葭。

⓲ 蠶月：養蠶的月份，指夏曆三月。條：修剪。

⓳ 斨（音「腔」）：方孔的斧頭。

⓴ 遠揚：指太長而高揚的枝條。

㉑ 猗（音「己」）：借作「掎」（音「宜」），牽引，拉著。一說，猗：美盛的樣子。女桑：就是柔桑。全句是說把桑樹長條剪短，以便明年長出更多的枝葉。

㉒ 鵙（音「決」）：鳥名，就是伯勞。

㉓ 載績：開始紡績。

㉔ 載玄載黃：又是玄色，又是黃色的。載：這裡是則、又……的意思。

㉕ 孔陽：非常鮮明。

㉖ 秀：植物開花。葽（音「邀」）：草名，又叫菟瓜、遠志，味苦，根可作藥。

㉗ 蜩（音「條」）：蟬。

㉘ 其穫：是說農作物開始收成。

㉙ 隕蘀（音「唾」）：落葉。蘀：落地的草木皮葉。

㉚ 于貉（音「罵」）：舉行貉祭。貉祭又叫禡祭，是田獵者演習武事的祭禮。一說，貉（音「何」）：是一種像狐狸的動物；于：取、獵取的意思。

㉛ 同：會合。是說在打獵之前，會合眾人。

㉜ 載：則。纘（音「纂」）：繼續。武功：武藝，指田獵之事。

㉝ 言：動詞詞頭。一說，我，第一人稱。私：是說私人可以佔有。豵（音「宗」）：一歲大的豬，這裡泛指小獸。

㉞ 豜（音「尖」）：三歲大的豬，這裡泛指大獸。公：公家。

㉟ 斯螽（音「忠」）：蟲名，蝗類。動股：是說兩腿相切發出聲音。股：腿。

㊱ 莎雞：蟲名，就是紡織娘。振羽：是說鼓動翅膀發出聲音。

㊲ 宇：屋簷，這裡指屋簷下。

㊳ 穹（音「窮」）窒：是說把室內塞滿角落的東西搬空。穹：空。窒：塞滿。一說，此句謂把所有的鼠穴都堵塞起來。

㊴ 向：朝北的窗戶。墐（音「緊」）：用泥塗上。古代貧農用柴竹做門，冬天塗上泥土，使它不通風。

㊵ 曰：發語詞。為：等於「將」。改歲：過年。這裡指的是周曆。夏曆十月就是周曆十二月。

㊶ 鬱：植物名，唐棣之類，果實像李子。薁（音「玉」）：植物名，也叫蘡薁或櫻薁，俗稱野葡萄。

42 亨：古「烹」字。葵：菜名。菽：豆類的總稱。

43 剝：「扑」（音「撲」）的借字，打、擊的意思。

44 穫：收成。一說，穫：「濩」（音「或」）的借字，濩就是煮，此處指煮稻米來釀酒。棗和稻都是釀酒的原料。

45 春酒：就是凍醪（音「牢」）。冬天釀造，到春天才喝，所以叫做春酒。

46 介：讀為「匄」（古「丐」字），祈求的意思。眉壽：長壽。老人眉上常有毫毛，叫做秀眉，所以稱長壽為眉壽。

47 壺：「瓠」（音「戶」）的借字，是葫蘆類的植物。

48 叔苴（音「拘」）：拾取麻子。苴：麻的種子。

49 采荼（音「徒」）：是說採苦菜做羹湯。薪樗（音「書」）：採樗木做薪柴。樗：木名，就是臭椿。

50 食（音「似」）：是養活、供養的意思。

51 場圃：指打穀場。圃是菜園，春夏種菜，秋冬時就墊土做成打穀的場地，因而連在一起稱為場圃。

52 納：收進穀倉。禾稼：泛指一切穀物。

53 黍（音「暑」）：黃米。稷（音「記」）：高粱。重穋（音「腫路」）：也寫作「穜稑」。穜是先種後熟的穀，稑是後種先熟的穀。

54 禾：這裡專指一種穀物，就是現在的小米。

55 同：聚集。是說農作物已經收聚完畢。

56 上：同「尚」，還要。執宮功：做修築宮室的勞役。

57 晝爾于茅：白天呢要採取茅草。爾：語助詞。一說，爾：你。于：採取，整理。

58 索：這裡當動詞，搓製的意思。綯：繩。

59 亟：急。其：語助詞。乘屋：爬上屋頂修蓋房子。乘：登。

60 沖沖：鑿冰的聲音。
61 凌陰：冰窖。
62 蚤：同「早」，就是早朝，是一種祭祀儀式。一說，蚤：讀為「叉」，就是取（冰）。
63 肅霜：等於「肅爽」，也就是天高氣爽。
64 滌場：清掃穀場。一說，滌場：就是滌蕩，指天空澄淨。
65 朋酒：兩樽酒。斯：此，是，指朋酒。
66 公堂：公共場所。古代鄉黨會飲、議事、教育的場所。
67 稱：舉起。兕（音「似」）：野牛。觥（音「公」）：酒器。這裡指以兕牛角為飾的酒器。

析論

〈七月〉選自〈豳風〉，是〈國風〉中最長的詩篇。豳（音「彬」），一作「邠」，國名，周朝的先祖公劉所建，故址在今陝西邠縣。〈豳風〉有一些作品歌詠周公東征的事情，屈萬里老師《詩經釋義》中有一段話可供參考：「豳地與周公無關，而豳詩多言周公東征事，此必有故。疑周公東征時所率者多豳地之民，所為歌詩，皆豳地之聲調；故其詩雖作於東國，而仍以豳名之也。七月之詩，疑亦東征之士，懷念故土，作之以慰鄉思者。」

〈七月〉這首詩描寫豳地農民全年的生活情況。古代農民的生活，和衣食耕織的事情關係最為密切，而衣食耕織之事，又跟日月星辰的運轉、季節氣候的變化，以及自然界的草木鳥獸有密切的關係。所以，〈七月〉這首詩便以這些提挈全篇，敘述農民的生活。

全詩分為八章。

第一章從天寒寫到春耕，前段寫衣，後段寫食。第二章寫採桑養蠶，這是下章女織的預備工作。第三章寫織衣，呼應上一章。第四章寫農忙之後，去獵取野獸，仍然與「衣」有關。第三章說農家女子織的衣裳，最好的要獻給公子，這一章說農家男子獵取的野獸，大的要獻給公家，可以看到古代農民的勞苦，以及他們對公家貴族的忠心。或許從現代人的眼光來看，他們愚昧可憐，但這種奉獻的情操，卻是多麼可敬可貴！第五章寫住。藉蟋蟀等蟲來說明季節的變易。一年將盡，農人才能為自己收拾屋子過冬。第六章寫食。採取果蔬、釀酒到「為此春酒」可能是為公家做的；從「七月食瓜」以下，所描寫的菜、瓜等物，才是農民自己食用的東西。第七章說農作物收成完畢後，農民還要為公家修建房子，從「晝爾于茅」以下，才是寫修理農家自己的茅屋。「亟其乘屋，其始播白穀」，令人意會到農家生活的辛苦和忙碌。第八章寫鑿冰獻祭的活動和年終時的燕飲。據《禮記．月令》的記載，仲春之時，有獻羔開冰之禮，用來祭祀司寒之神，恰好和這些詩句可以合觀。

這首詩敘述古代豳地的農民生活，勞苦中有閒逸，疏落中有風致，完全合乎樂而不淫、哀而不傷的詩教，不愧是一篇不可多得的敘事詩。

鴟鴞

詩經・豳風

鴟鴞鴟鴞❶，
既取我子，
無毀我室❷。
恩斯勤斯❸，
鬻子之閔斯❹。

迨天之未陰雨❺，
徹彼桑土❻，
綢繆牖戶❼。
今女下民❽，
或敢侮予！

【語譯】

貓頭鷹呵貓頭鷹，
已經抓去我兒子，
不要再毀我家庭。
這樣愛護又辛勤，
養育兒子真可憐。

趁天還沒陰雨時，
剝取那桑樹根皮，
結牢窗子和門戶。
如今你們底下人，
有誰還敢來欺侮！

予手拮据❾，
予所捋荼❿，
予所蓄租⓫。
予口卒瘏⓬，
曰⓭予未有室家。

我的手過於疲勞，
我還要捋取蘆花，
我還要儲蓄茅草。
我的嘴累得酸麻，
但我還沒有窠巢。

予羽譙譙⓮，
予尾翛翛⓯，
予室翹翹⓰。
風雨所漂搖，
予維音嘵嘵⓱！

我的羽毛憔悴了，
我的尾巴枯萎了，
我的窠巢傾危了。
風雨還這樣飄搖，
我只有嘵嘵地叫！

【注釋】

❶ 鴟鴞（音「喫消」）：就是貓頭鷹。古人以為牠是惡鳥，所以用來比喻壞人。

❷ 室：指鳥巢。

❸ 恩：愛護。一說，恩：同「殷」，恩勤，就是殷勤、辛勞的意思。斯：語尾助詞，無義。
❹ 鬻：同「育」，養育。子：指小鳥。閔：病困，可憐。
❺ 迨：及，趁。天之未陰雨：天未陰雨之時。
❻ 徹：剝取。桑土：土，一作「杜」。桑土就是桑杜，桑樹的根皮。據《方言》，東齊人稱根為杜。
❼ 綢繆：纏繞牢結。牖戶：本指門窗，這裡指鳥巢的空隙。
❽ 女：同「汝」，你。下民：指樹下的人們。
❾ 拮据：是說手太過勞累，轉動不靈活。
❿ 捋：用手自上而下勒取。荼：蘆葦的花。
⓫ 蓄：儲積。租：「蒩」的借字，亦作「苴」，茅草。
⓬ 卒：同「悴」。卒瘏：口病。
⓭ 曰：同「聿」，發語詞，無義。
⓮ 譙譙：形容羽毛憔悴失色的樣子。
⓯ 翛翛：形容尾巴枯縮無光的樣子。
⓰ 翹翹：形容窠巢傾危不安的樣子。
⓱ 嘵（音「消」）嘵：形容因恐懼而發出的叫聲。

析論

〈鴟鴞〉一詩，選自〈豳風〉。這是一首禽言詩，藉一隻母鳥訴說在小鳥被貓頭鷹抓去，自己辛勤修護窠巢的心情，來寄託作者處境的困苦危險。這可能是我國最早的一首寓言詩。

這首詩的作者，歷來都認為是西周初年的周公姬旦。因為《尚書．金縢篇》和《史記．魯世家》等，都記載周公在平定管叔、蔡叔、武庚等人的叛亂之後，曾作〈鴟鴞〉一詩，送給成王。不過，近人以為《尚書．金縢篇》是託古的偽作，而司馬遷《史記．魯世家》的說法，應該也是取自〈金縢篇〉，所以對舊說表示懷疑。

在《詩經》中，以此喻彼或託物寄興的比興技巧，常常可以見到，但是，像〈鴟鴞〉這首通篇寓言、用擬人化的寫法，卻是獨一無二的。《周易．大壯》的「羝羊在藩，不能退，不能遂。」和《左傳．昭公二十二年》所記的「雄雞自斷其尾」，都曾有人把它們當成中國寓言的起源，但它們的著成年代，未必比〈鴟鴞〉早，同時，它們的比興諷喻，都還缺乏文學情趣，因此，〈鴟鴞〉這首詩，不但可能是中國寓言詩的第一首，而且也可能是中國寓言的第一篇。此後，戰國時代的寓言散文，漢代樂府民歌中的寓言詩（如〈雉子班〉、〈烏生〉等），六朝以後的寓言歌賦（如韓愈的〈病鴟〉、白居易的〈燕詩示劉叟〉等），就逐漸多起來了。

這首詩共分四章，每章五句。

第一章寫母鳥對鴟鴞控訴，不要再毀壞牠的家庭；第二章寫母鳥自言修補窠巢的情況，並寫對人類的戒懼；第三章寫母鳥自言由於修補窠巢，忙得手口交病；第四章寫母鳥自傷窠巢雖成，仍然危而不安，自己又已精疲力盡，所以因恐懼而悲鳴。篇中想像力非常活潑，用字也非常奇特，明代戴君恩的《讀風臆評》就這樣說：「連用十予字，而身任其勞、獨當其苦之意可想。」不僅如此，詩中的重字疊詞，以及複沓的句式，也都使它增加不少如泣如訴的情味。

鹿鳴

詩經・小雅

呦呦❶鹿鳴，
食野之苹❷。
我有嘉賓，
鼓瑟吹笙❸。
吹笙鼓簧❹，
承筐是將❺。
人之好我，
示我周行❻。
呦呦鹿鳴，
食野之蒿❼。
我有嘉賓，

【語譯】

呦呦地群鹿和鳴，
吃著郊外的青苹。
我有美好的賓客，
彈著瑟呀吹著笙。
吹著笙呀按著簧，
手捧禮筐來獻上。
人家這樣喜歡我，
指示我大道方向。
呦呦地群鹿鳴叫，
吃著郊外的青蒿。
我有美好的賓客，

德音孔昭❽。
視民不恌❾，
君子是則是傚❿。
我有旨酒⓫，
嘉賓式燕以敖⓬。

呦呦鹿鳴，
食野之芩⓭。
我有嘉賓，
鼓瑟鼓琴。
鼓瑟鼓琴，
和樂且湛⓮。
我有旨酒，
以燕樂⓯嘉賓之心

高尚聲名最榮耀。
教導人民不輕薄，
君子學習又倣效。
我有可口的美酒，
貴賓暢飲又逍遙。

呦呦地群鹿和鳴，
吃著郊外的水芩。
我有美好的賓客，
彈著瑟呀彈著琴。
彈著瑟呀彈著琴，
和和樂樂又盡興。
我有可口的美酒，
來娛樂貴賓的心。

【注釋】

❶呦（音「優」）呦：鹿叫的聲音。
❷苹：藾蒿，一名馬帚菜。
❸鼓：彈奏。瑟、笙：古代燕飲時所用的樂器。
❹簧：笙中的葉片。鼓簧：用手按簧，吹出笙的各種節奏音調。
❺承：捧著。筐：盛著幣帛的竹器，也叫篚。將：送。此句是說：捧出盛著幣帛的筐篚來贈送嘉賓。
❻示：指示。周行：大道，正道。
❼蒿：就是青蒿。
❽德音：令名，好聲譽。孔：甚。昭：明。
❾視：古「示」字，有指示、教導的意思。恌：同「佻」，輕薄。
❿君子：指有職位或有學養的人。則、傚：都當動詞用，學習、模倣的意思。
⓫旨酒：美酒。旨：甘。
⓬式：語助詞。燕：同「宴」，宴飲。敖：樂，逍遙。
⓭芩（音「琴」）：蒿一類的植物，有人以為就是黃芩。
⓮湛：通「媅」字，沉酣、久醉，有盡興的意思。
⓯燕樂：讌樂，娛樂。

析論

〈鹿鳴〉是〈小雅〉的第一篇，也是「四始」之一。《詩經》的「四始」之說，指的是：〈關雎〉為〈國風〉之始，〈鹿鳴〉為〈小雅〉之始，〈文王〉為〈大雅〉之始，〈清廟〉為〈頌〉之始。歷來的學者，大都認為「四始」是「歌文王之道」、「述文王之德」，是詩的極致。由此可見，〈鹿鳴〉一詩的重要。

〈詩序〉說：「鹿鳴，燕群臣嘉賓也。既飲食之，又實幣帛筐篚以將其厚意，然後忠臣嘉賓得盡其心矣。」根據〈詩序〉的說法，這是周王宴會群臣嘉賓的一首樂歌，希望藉此禮樂並用，來達到君臣和衷共濟的作用。至於是哪一個周王，則說法不一。有人說是周文王，有人說是周成王，有人說是周康王，甚至有人認為是「周衰之作」，即東周之前的作品。另外還有一種看法，認為這是一首諷刺詩，諷刺「在位之人不仁」。這些說法，不管是美是刺，都沒有確鑿的證據。近來疑經風氣很盛，所以又有人主張，這只是貴族宴請嘉賓的一首詩而已。

可是，無論如何，這篇詩歌影響後世很大。古代在宴會賓客時，常常要演奏這首歌。《儀禮》中有兩處樂工歌唱〈鹿鳴〉的記載；從漢到晉，這首歌被演奏的機會最多。到了唐朝，宴會鄉貢，更一定要唱它。在清朝的時候，鄉試放榜的第二天，舉行盛宴，招待考官和新中的舉人，這個宴會便叫「鹿鳴宴」。從這些例子中，都可以看出〈鹿鳴〉一詩對後世的影響。

這首詩共三章，全部都以「呦呦鹿鳴」起興。鹿是仁獸，所以由此起興的詩篇，也充滿了莊敬和樂的氣氛。雖然三章之間，句數大致相等，句法大致相近，但側重不同，便有起伏變化，而不會單調。第一章寫宴會之始，樂器初作，主人即獻幣帛，向賓客請教周道之方；第二章寫酬酢之禮既行，賓客宴飲歡暢，主人進而請教可為臣民效法的榜樣；第三章寫琴瑟和鳴，賓主盡歡，和樂無間，達到渾然一體的境界。首尾相應，宮商鏗然，不愧是一首傳誦千古的名作。

采薇

詩經・小雅

采薇采薇❶，
薇亦作止❷。
曰歸曰歸，
歲亦莫❸止。
靡室靡家❹，
玁狁❺之故。
不遑啟居❻，
玁狁之故。

采薇采薇，
薇亦柔❼止。
曰歸曰歸，

【語譯】

採薇菜呵採薇菜，
薇菜又已發芽了。
說回家呵說回家，
一年又已向晚了。
沒有親人沒有家，
都是玁狁的緣故。
沒有空閒來坐下，
都是玁狁的緣故。

採薇菜呵採薇菜，
薇菜又已鮮嫩了。
說回家呵說回家，

心亦憂止。
憂心烈烈，
載❽饑載渴。
我戍未定❾，
靡使歸聘❿。

采薇采薇，
薇亦剛⓫止。
曰歸曰歸，
歲亦陽⓬止。
王事靡盬⓭，
不遑啟處⓮。
憂心孔疚⓯，
我行不來⓰。

內心又已憂悶了。
憂悶心情火般熱，
又是饑餓又口渴。
我們駐防不固定，
沒有信差傳音訊。

採薇菜呵採薇菜，
薇菜又已茁壯了。
說回家呵說回家，
一年又已回暖了。
君王差事無止盡，
沒有空閒來休息。
憂悶心情太痛苦，
我們遠征沒歸期。

彼爾維何[17]？
維常之華[18]。
彼路斯何[19]？
君子[20]之車。
戎車[21]既駕，
四牡業業[22]。
豈敢定居？
一月三捷[23]。

駕彼四牡，
四牡騤騤[24]。
君子所依[25]，
小人所腓[26]。
四牡翼翼[27]，
象弭魚服[28]。

那盛開的是什麼？
是棠梨樹的花朵。
那大車是誰坐的？
是將軍坐的兵車。
兵車已經駕御好，
四匹雄馬長得高。
哪敢坐下來休息？
一月要幾次勝利。

駕著那四匹雄馬，
四匹雄馬真高大。
將軍藉此有憑恃，
兵士藉此有掩護。
四匹雄馬真氣派，
象牙雕弓魚皮袋。

豈不日戒㉙？
玁狁孔棘㉚。
昔我往矣，
楊柳依依。
今我來思㉛，
雨雪霏霏㉜。
行道遲遲㉝，
載渴載饑。
我心傷悲，
莫知我哀。

怎不天天相戒備？
玁狁來犯太迫切。
以前我們出征時，
楊柳枝條裊裊垂。
如今我們回來了，
飄落雪花紛紛飛。
行人道上慢慢走，
又是口渴又饑餓。
我的內心真悲傷，
沒人知道我斷腸。

【注釋】

❶薇：菜名，現在叫野豌豆，又叫大巢菜。冬天發芽，春天二三月長大。

❷亦：助詞，有「又」的意思。作：生出，發芽。止：語氣詞，等於白話的「了」。

❸莫：同「暮」，向晚。
❹靡：無。室：家，指妻子。此句是說：長年征戍在外，和妻子分離，有家等於沒家。
❺玁狁（音「險允」）：或作「獫狁」、「嚴允」。古代散居在西北邊區的外族。春秋時稱「戎」或「狄」，秦漢時稱「匈奴」或「胡」，隋唐時稱「突厥」。
❻不遑：沒有空閒，顧不得。啟：跪坐。居：安坐。古人席地而坐，兩膝著地，跪坐時將腰部伸直，安坐時則臀部著力在腳跟上。
❼柔：芽葉鮮嫩的樣子。
❽載：則，又。
❾戍：指駐守的地方。未定：不固定。一說，此句謂防戍工作還沒結束。
❿使：使者，郵差。歸聘：歸問。此句是說：沒有使者回去慰問家人。
⓫剛：茁壯的意思。
⓬陽：暖和。一說，農曆十月為陽。
⓭王事：朝廷差遣的工作，指征戍之事。靡盬：沒有休止。盬（音「古」）：止息，閒暇。
⓮啟處：等於「啟居」。處：居，止，坐。
⓯孔：大，甚。疚：病，痛苦。
⓰來：歸，返，指回家。一說，來：勞，慰問。
⓱爾：一作「薾」，花盛開的樣子。維：是。
⓲常：同「棠」，指棠梨樹。華：同「花」。一說，維常之華：同「帷裳之華」，指車帷上繡繪的花朵。
⓳路：同「輅」，指大車。斯：維，是。
⓴君子：這裡指軍中的將帥。
㉑戎車：兵車。

㉒ 業業：高大的樣子。

㉓ 三捷：多次勝利。三是虛指，多的意思。一說，捷：是調防或交戰的意思。

㉔ 騤（音「葵」）騤：馬強壯的樣子。

㉕ 依：是說靠著車站著。

㉖ 小人：指士兵。腓（音「肥」）：隱蔽，掩護。

㉗ 翼翼：整齊的樣子。

㉘ 象弭（音「米」）：用象牙或獸骨作鑲飾的弓。弭：原指弓的兩端受弦的地方，泛指弓。魚服：就是「魚箙」，用鯊魚皮製成的箭袋。

㉙ 日戒：天天戒備，一說，終日戒備。

㉚ 棘：同「亟」，緊急。

㉛ 思：語末助詞。

㉜ 雨：當動詞用，下，落。霏霏：雪花紛飛的樣子。

㉝ 遲遲：走路緩慢的樣子。

析論

〈采薇〉一詩，選自〈小雅〉。這是描寫西周時代一位守邊戰士生活的詩篇。有人以為作於周文王時，也有人以為作於周宣王時，其他認為作於襄王、懿王、厲王時的，也不乏其人，很難確考。

詩的主題，歷來也有爭論。有人以為這是歡送將士出征的樂歌，有人以為是戍卒賦歸時在途中追憶行役之苦。尋繹詩中語氣，似以後者為是。

詩凡六章，每章八句。前三章採用複沓的形式，都用「采薇采薇」開頭，而且前面的四句，或用首章的原句，或易一字，在反覆吟詠時，頗有一唱三嘆之妙。有的雖然只換一字，如「薇亦作止」、「薇亦柔止」、「薇亦剛止」，句中的「作」、「柔」、「剛」，寫薇的由萌芽而茁壯，正是寫時間的推移，暗示戰士的久戍未歸。後面四句，基本上，句型是改變了，但是首章「玁狁之故」一句的重複，一、三兩章「不遑啟居」、「不遑啟處」的前後呼應，也都有回環無盡的韻味。

前面這三章，寫長年出征在外的戰士，久出不歸，戍地未定，無法回家，也無法通信，而且飯還吃不飽，必須採薇而食，自然免不了要發出怨嘆之音。然而詩中所寫的這位戰士，在怨嘆之餘，卻想到自己所以如此，是由於「王事靡盬」、「玁狁之故」，把怨嘆之情歸結到對外族的戰爭上，而不忍斥罵周朝，寫得非常委婉，這就是所謂「〈小雅〉怨悱而不亂」。

第四、五兩章，寫從軍作戰的生活，戰則務捷，居則曰戒，呼應上文第一章的「玁狁之故」。在寫作程序上，也層次分明。「彼爾維何，維常之華」和「彼路斯何，君子之車」是對比的寫法。寫了「君子之車」以後，再寫「戎車既駕，四牡業業」、「駕彼四牡，四牡騤騤」、「四牡翼翼，象弭魚服」，由兵車而戎馬，由戎馬而戎裝，句式重複之餘，很能增加表現的效果。尤其是「君子所依，小人所腓」二句，寫戰車已經備妥，戰馬已經駕好，將軍依車而立，擔任指揮，士兵以車掩護，待命作戰，表現出雄馬高大、士氣昂揚的氣概。有此描寫，下面再寫「豈敢定居，一月三捷」和「豈不日戒，玁狁孔棘」，就不致有突兀之感。

第六章寫戰罷賦歸的征夫，在途中撫今追昔，不勝感慨，呼應上文的第二、三兩章。第二章末句說：「我戍未定，靡使歸聘」；第三章末句說：「憂心孔疚，我行不來」；這一章則說：「今我來思」。這是今昔的對照。「昔我往矣，楊柳依依；今我來思，雨雪霏霏」，是用具體的景物描寫，來表現今昔的不同和時間的推移。第二章說：「憂心烈烈，載饑載渴」，是出征時的憂苦；這一章說：「行道遲遲，載渴載饑」，是賦歸時的勞累；第三章末句說：「憂心孔疚，我行不來」，寫以前出征時擔心不能歸來；這一章的末句：「我心傷悲，莫知我哀」，寫如今賦歸時，「近鄉情更怯」的心情。長年在外，音信隔絕，誰知道家鄉是否依然，親人是否無恙。「莫知我哀」者在此。寥寥數字，勝過千言萬語。

這首詩是千古傳誦的名篇，最後一章更是膾炙人口。清代王夫之在《薑齋詩話》

中曾說：「昔我往矣」四句，「以樂景寫哀，以哀景寫樂，一倍增其哀樂。」方玉潤在《詩經原始》中也說：「此詩之佳，全在末章，真情實景，感時傷事，別有深情，非可言喻。」從這些話中，可以看到後人對這首詩賞愛的一斑。

何草不黃

詩經·小雅

何草不黃！
何日不行！
何人不將❶！
經營四方❷。

何草不玄❸！
何人不矜❹！
哀我征夫，
獨為匪民❺！

匪兕匪虎，
率❻彼曠野。

【語譯】

什麼草兒不枯黃！
哪個日子不流浪！
哪個人兒不奔忙！
東西南北走四方。

什麼草兒不枯黑！
哪個人兒不勞瘁！
可憐我們從了軍，
難道就偏不是人！

不是野牛不是虎，
卻在曠野裡奔突。

哀我征夫，
朝夕不暇！
有芃❼者狐，
率彼幽草；
有棧❽之車，
行彼周道❾。

可憐我們從軍苦，
早晚不得閒工夫！
尾巴蓬鬆的狐狸，
走在深深草叢裡；
高高大大的兵車，
大路上奔走東西。

【注釋】

❶將：行。
❷經營：這裡是征戰的意思。
❸玄：赤黑色，指百草由枯而腐的顏色。
❹矜（音「官」）：同「瘝」，病。一說，矜：同「鰥」，無妻。
❺獨為匪民：偏偏是算不得人。匪民：非人，不是人。
❻率：循，沿著。
❼有芃（音「朋」）：等於「芃然」。有：形容詞詞頭。芃：草木茂盛的樣子，這裡用來形容狐尾的蓬鬆。

❽ 有棧：等於「棧然」。棧：同「巉」（音「站」），高的樣子。

❾ 周道：大路，公路。

析論

〈何草不黃〉選自〈小雅．魚藻之什〉。朱熹說〈雅〉、〈頌〉沒有國別，所以以十篇為一卷，稱之為「什」。而以同卷第一篇篇名冠稱全卷。事實上，每一卷並非正好十篇，像〈何草不黃〉所屬的〈魚藻之什〉，就有十四篇之多，〈魚藻〉是第一篇，所以稱為〈魚藻之什〉。

〈何草不黃〉這首詩完全採用從征戰士的口氣，來寫兵士們不堪行役不息的痛苦。詩分四章。

第一章一開始即以草的枯黃來象徵戰士的憔悴。「何日不行」是說沒有一天不奔走於征途之上，「何人不將」是說沒有人能免於奔走、征戰，這是從征戰士的怨詞。事實上，自有草兒不黃，也自有人不從軍作戰，不過我們讀這些詩句時，並不覺得它說得無理，只覺得它寫得感人。「經營四方」是前三句的原因補述。就為了要「經營四方」，兵士們才會覺得無草不黃，無人不怨！

第二章複沓第一章，進一步強調不停征戰所帶來的苦痛。「何草不玄」的玄，已經不只是黃，而是腐朽的顏色了。「何人不矜」的矜，已經不只是奔走而是勞瘁成病了。有人把「矜」解釋為鰥，說是久役之人，夫婦離隔，不能團聚，有妻等於無妻，所以說「何人不矜」。這種說法固然可以說得通，但不如解釋為瘝，來得前後通貫。因為其他各章也都是從奔走四方、不得休息來落筆的。

第三章以「朝夕不暇」來說明他們是人，不是那些行於曠野的野獸。野獸尚能悠閒漫步在曠野上，哪裡像他們從征的戰士那樣的匆匆忙忙。

第四章「有芃者狐」二句，就所見起興，來對照下文「有棧之車」二句，和第三章的表現方法一樣，不贅言。

《詩經》中頗有一些描寫征戍的詩篇，最被後人稱頌的，像〈小雅〉的〈采薇〉和〈秦風〉的〈無衣〉等詩都是。現在各節錄一章，以見其一斑：

昔我往矣，　以前當我離開時，
楊柳依依。　楊柳隨風正依依。
今我來思，　如今我踏上歸途，
雨雪霏霏。　雪落紛紛飄滿地。

行道遲遲，　走在路上步遲疑，
載渴載饑。　口又渴來肚又饑。
我心傷悲，　我的內心好悲哀，
莫知我哀！　無人了解我心意。

這是〈采薇〉末章描寫戍邊兵士風雪歸途的情景。這裡的譯文和前面的不同，是本文著者擬對《詩經》作不同翻譯的一個嘗試。下面是〈無衣〉首章，描寫尚武戰士的慷慨從軍的精神：

豈曰無衣？　怎麼說沒有衣裳？
與子同袍。　跟你同穿這長衣。
王于興師，　天子要出兵打仗，
脩我戈矛，　修理我們的武器，
與子同仇。　跟你一起去殺敵。

下武

下武維周❶，
世有哲王。
三后❷在天，
王配于京❸。

王配于京，
世德作求❹。
永言配命❺，
成王之孚❻。

成王之孚，
下土之式❼。

【語譯】

能繼德業是周朝，
代代君王皆英豪。
天上三帝有神靈，
我王德業配鎬京。

我王德業配鎬京，
能跟世德相比並。
永遠永遠配天命，
成王威信建大名。

成王威信建大名，
作為天下好典型。

永言孝思，
孝思維則❽。
媚茲一人❾，
應侯順德❿。
永言孝思，
昭哉嗣服⓫！
昭茲來許⓬，
繩⓭其祖武。
於⓮萬斯年，
受天之祜⓯。
受天之祜，
四方來賀。

永遠永遠有孝心，
孝敬之心足遵行。
萬民愛戴王一人，
我王修德更謹慎。
永遠永遠有孝心，
繼承祖德聲威震！
光大此德給後世，
繼承先祖展宏圖。
啊啊此後千萬世，
永遠得到天之福。
永遠得到天之福，
四方朝周無變故。

於萬斯年，
不遐有佐⑯。

啊啊此後千萬世，
永遠同心不生疏。

【注釋】

❶下武：接踵。下：後。武：足跡。維：語助詞。
❷三后：三君，指太王、王季、文王。一說，指太王、文王、武王。后：君王。
❸王：指武王，一說，指成王。配：合。京：指鎬京。
❹世德：累世的德業。作求：相匹配。作：則。求：讀為「逑」，匹配，對偶。
❺言：語助詞。配命：配合天命。
❻成王之孚：建立王的威信。一說，成王是專稱，指周成王。孚：信，威信。
❼下土：對上天而言，就是人間。式：法，典型。
❽則：法，式。
❾媚：愛。一人：指武王，一說，指成王。
❿應：當。侯：維，語助詞。順德：謹慎德行。順，一作「慎」。
⓫嗣服：繼續先人的德業。服：事。
⓬來許：後來的人，後進。
⓭繩：繼續，繼承。
⓮於（音「烏」）：感歎詞。

⓯ 祜：福。

⓰ 不遐有佐：不會疏遠了輔佐的臣民。遐：遠。佐：輔助。一說，遐：等於白話的「啊」；佐：同「左」，疏離的意思；全句是說：不會有疏外的臣民。

析論

〈下武〉選自〈大雅・文王之什〉，是一首讚美周武王能夠承先啟後、受天之祜的詩篇。

全詩分為六章。首章是說周武王的德業，能繼太王、王季、文王之後，配居鎬京。第二章是說武王的德業能跟先祖相比美，而建立了王者的威信。第三章是說武王不但能建立威信，成名立功，而且他對先人的孝敬之心，也可以作為天下的典型。第四章是說武王修德謹慎，有孝敬先人之心，能光大先人之業，因而贏得萬民的愛戴。第五、六兩章是說武王的德業成效如此，可以作為後世子孫的模範，永遠得到天降之福，永遠受到四方萬國的擁護。

這首詩在形式上有一點值得注意：首章末句「王配于京」，就是第二章的起句；第二章末句「成王之孚」，就是第三章的起句；第五章末句「受天之祜」，就是第六章的起句，而且，第三、四章同用第三句「永言孝思」相承，第三章第四句「孝思維則」以孝思二字蟬聯第三句，第四章末句「昭哉嗣服」與第五章起句「昭茲來許」以昭字相應。這種表現技巧，在〈大雅〉如〈文王〉、〈既醉〉等詩篇中，都常常可以見到，可以說是〈大雅〉在形式上的一大特色。這種上下章或上下句互相啣接的形式，在修辭學上叫「頂真格」。上下章首尾相啣者叫連環體，上下句首尾相啣者叫連珠體。後世的詩歌，像漢朝的樂府詩〈飲馬長城窟行〉：

青青河畔草，緜緜思遠道。遠道不可思，宿昔夢見之。夢見我在傍，忽覺在他鄉。他鄉各異縣，展轉不相見。……

像曹植的〈贈白馬王彪〉（文長，不錄）等，都多少受到《詩經》的影響。

〈下武〉這首詩，也有人根據詩中「成王之孚」一語，認為應是讚美周成王的詩，因此把詩中「王配于京」的王、「媚茲一人」的一人，都說是指成王而言，而將「三后在天」的三后，解為太王、文王、武王。這種說法也言之有故，可供參考，故附錄於此。

清廟

詩經・周頌

於穆清廟❶，
肅雝顯相❷。
濟濟多士❸，
秉文❹之德。
對越在天❺，
駿奔走在廟❻。
不顯不承❼，
無射於人斯❽。

【語譯】

啊莊嚴清靜的廟，
肅敬雍容大助祭。
儀度齊整的眾臣，
秉持文王的德業。
頌揚他在天之靈，
迅速奔走在廟裡。
大大發揚又繼承，
不會見棄於人哩。

【注釋】

❶於（音「烏」）：讚嘆詞。穆：莊嚴，美好。清：清靜，清明。廟：指太廟。

❷肅：端重。雝：雍容。顯：明，大。相：助，指助祭的公卿王侯。

❸ 濟濟：有威儀的樣子，多而整齊的樣子。多士：眾臣，很多參加祭祀的人。

❹ 秉：懷著，執行。文：指周文王。

❺ 對越：報答頌揚。一說，對越：對於。在天：指文王在天的神靈。

❻ 駿：迅速。古人在廟中奔走，以快為敬。

❼ 不：同「丕」。顯：發揚。承：繼承，光大。

❽ 射（音「意」）：厭。無射於人：就是不見厭於人、受人擁戴的意思。斯：語助詞。

析論

這一首詩選自〈周頌〉。有人以為〈周頌〉裡的作品，產生在周公攝政、成王即位之初，也有人以為其中或有周康王以後的詩。〈周頌〉文辭古奧，而且部分無韻，在《詩經》中，應當是時代最早的作品。

〈清廟〉這一首詩，是〈頌〉的第一篇，也是「四始」之一。相傳是周公在清廟歌頌、祭祀文王的紀事詩。「清廟」，有人以為專指文王之廟，有人則以為泛指一切清靜莊嚴的廟。

這首詩除了第一句直接歌頌文王的清廟以外，其餘各句都是就祭祀的人身上來寫的。

玄鳥

天命玄鳥❶，
降而生商❷，
宅殷土芒芒❸。
古帝命武湯❹，
正域彼四方❺。
方命厥后❻，
奄有九有❼。
商之先后，
受命不殆❽，
在武丁❾孫子。
武丁孫子，
武王靡不勝❿。

【語譯】

天叫燕子來人間，
降卵生下商祖先，
住在殷地大無邊。
古昔上帝命武湯，
經營疆土定四方。
武湯遍告眾諸侯，
擁有天下蓋九州。
商朝的列祖列宗，
稟受天命不荒縱，
傳個子孫名武丁。
子孫武丁真英明，
武王會的他都行。

原文	譯文
龍旂十乘⓫，	天子龍旂有十乘，
大糦是承⓬。	祭祀酒饌共奉承。
邦畿⓭千里，	王畿土地千里開，
維民所止⓮，	人民居住得安泰，
肇⓯域彼四海。	開闢疆域盡四海。
四海來假⓰，	四海諸侯來助祭，
來假祁祁。	助祭諸侯一批批。
景員維河⓱，	幅員廣大界黃河，
殷受命咸宜，	殷商受命盡適合，
百祿是何⓲。	所有福祿都獲得。

【注釋】

❶ 玄鳥：就是燕子。

❷ 商：這裡指商朝的始祖契（音「謝」）。相傳契是他母親簡狄吞燕卵所生。

❸ 宅：居住。殷土：殷地。殷：地名，在今河南省境內。芒芒：廣大的樣子。

❹ 古帝：古時的上帝。武湯：有武德的成湯。

❺ 正域彼四方：「正彼四方之域」的倒裝句。正：治理，劃定。

❻ 方：遍，普遍。古代方、旁通用，旁有溥、遍的意思。后：君，這裡指諸侯。

❼ 九有：九州，全天下。有：域。

❽ 殆：通「怠」，懈怠，荒縱。

❾ 武丁：就是殷高宗。

❿ 武王靡不勝：是說凡是武王能做的事，武丁無不能夠勝任。武王：指成湯。靡不：無不。勝（音「生」）：堪，能。

⓫ 龍旂（音「其」）：天子或上公的旂旗，竿頭懸鈴，旗面上畫有交龍，所以叫做龍旂。旂：通「旗」。

⓬ 大糦（音「赤」）：盛饌，豐盛的酒食。糦：也寫成「饎」，這裡指祭祀所用的酒食。承：進奉。

⓭ 畿（音「基」）：京師周圍天子直接管轄的地區。

⓮ 維：語詞。止：居。

⓯ 肇：開端，這裡有開闢的意思。

⓰ 假：同「格」，至的意思。這裡是說四海諸侯來助祭。

⓱ 景員：廣大的幅員。景：大。員：周遭。河：指黃河。殷商疆域三面以黃河為界。一說，景：山名，在河南商丘附近。

⓲ 何：同「荷」，負荷，承受。

析論

〈玄鳥〉選自〈商頌〉。〈商頌〉大約是宋襄公時代的作品。宋為殷商之後，襄公篤行仁義，有意仿周制禮作樂，因而有祭祀殷商先祖的詩篇。〈玄鳥〉這一篇就是宋國之君（疑即襄公）祭祀殷高宗武丁時所用的樂歌。

這首詩雖然重在寫武丁，但卻先從商的始祖契的出生寫起，然後寫商湯奄有天下的光榮歷史，最後才歸結到武丁身上。顯然有將武丁和契、湯相提並論的意思。

「天命玄鳥」三句，是追敘始祖契的出生和封地。古代的神話傳說，因為受到儒家不語怪力亂神、事事求其合理化的影響，所以不能夠發達，流傳下來的也不多。我們現在所能看到的，大都是一些殘缺片斷。簡狄吞燕卵而生契的故事，就是其中之一。據《史記．殷本紀》等的記載，簡狄是帝嚳的次妃，因吞食燕卵而生下契；但也有人以為「天命玄鳥，降而生商」，是說簡狄祈禱得子，正好是燕鳥飛來的季節，「故重其至日，因以用事」，並不是說簡狄真的吞燕卵而生契。後者顯然是儒者所給予的合理化的解釋。其他的說法還有一些，此不具引。我們推究詩中「天命玄鳥，降而生商」的意義，加上商朝信鬼的風尚，認為第一種說法比較可取。神話就是神話，不必給予它合理的解釋。

從「古帝命武湯」到「奄有九有」四句，是追敘商湯稟受天命，統一天下，創立了商朝。「正域彼四方」就是「古帝命武湯」所要做的事。商湯能夠完成它，遍告諸侯而擁有天下，所以稱他為「武」湯，來歌頌他的武功。

「商之先后」以下，全部是寫殷高宗武丁。武丁任用傅說為相，勵精圖治，修德強兵，國威大震，在位的五十九年，可以說是殷商的全盛時代。詩中寫他能稟承列祖列宗「受命不殆」的精神，武湯能做的，他也無所不能，可謂備致讚頌。「龍旂十乘」二句，寫武丁既在王位，祭祀祖先時，典禮十分隆重，酒饌非常豐盛，而且還有許多嘉賓——四方諸侯來助祭。下文說：「四海來假，來假祁祁。」假就是格，格在當時只用來形容鬼神的降臨，所以「四海來假」二句，應該解釋為四方諸侯紛紛來助祭，當然言下也就有四方諸侯來歸依的意思。「邦畿千里」三句，寫武丁的政績，不但王畿千里，民生安樂，而且聲威還遠播四海。也因此下文說「殷受命咸宜」，得到天賜的種種福祿了。

【附錄】

先秦說詩的風尚和漢儒以詩教說詩的迂曲

屈萬里

一、引言

《詩經》的〈國風〉部分，大多數是經過潤色之後的民間歌謠❶；〈小雅〉、〈大雅〉部分，多數是王朝士大夫之作；〈周頌〉，全部是廟堂祀神之辭；〈魯頌〉，則全是阿諛時君的詩；〈商頌〉，大部分是祀神的樂歌，但也有阿諛時君的作品。這些詩篇的本義，絕大多數都可以就它們的原文推尋出來。但，可惜從漢代以來，經生們竟把〈國風〉中那些勞人思婦吟詠情性的詩篇，都說成了讚美某人或諷刺某人之作；以致把那些活生生的文學作品，都變成了死板板的教條。推其原因，大致有以下兩點：（一）漢人認為六經都是孔子刪定的；孔子是垂教萬世的聖人，他所刪定的經典，一字一句，都應該含有高尚的哲理，都有教導訓戒的深意。（二）專制時代的皇帝，對於臣民操生殺予奪之權，可以任意作威作福，而無所忌憚；大臣們只有利用當時崇聖的心理，引聖人之言來說服皇帝。但，群經中所說到的哲理，畢竟有限，不足以應付千變萬化的事態，於是在《尚書》方面就有《洪範五行傳》，在《春秋》方面，也有災異之說。傳《詩經》的儒者，自然不甘後人。《齊詩》夾雜一些陰陽五行之言，不必說了；就連最平實的《毛傳》，也必得穿鑿附會地說某詩是美某人，某詩是刺某人，用以表現褒貶之意，而希望在政治和教化上發生作用。說《詩》的人，能就上述的兩點去發揮，才合乎通經致用的原則。「詩教」之說之所以形成，這兩點應當是重要的關鍵。

漢儒的詩教之說，並不完全是自我作古，他們也是於古有據的；不過到了漢儒，更變本加厲罷了。為了說明以詩教的觀點來解說《詩經》的前因，就不得不把先秦人士說《詩》的風尚，作一番粗略的敘述，以見由《詩》本義變成了迂曲的詩教之說的原委。

二、《詩經》在先秦時代的功用

《國語．楚語上》記載楚莊王使士亹傳太子箴，士亹請教於申叔時。申叔時說：

> 教之詩而為之導廣顯德，以耀明其志。

說到《詩經》之功用的，這當是最早的文獻。照申叔時的話語看來，他認為《詩》的功用，在於涵養品德，使人們有高明的意志。後來孔子說《詩》的功用，雖然比較廣泛了些；但最主要的，也是在修德方面。

孔子教導學生的課本，只有兩種，就是《詩》和《書》。他雖然也以《禮》教導學生，但那只是依照禮的節目單來演習，並不是講授的教本。他讀《周易》，《史記》說他曾經「韋編三絕」；他作《春秋》，確曾含有微言大義；但在《論語》裡，並沒說到他以《周易》和《春秋》教人。而在《詩》和《書》兩部古典中，孔子尤其強調《詩經》的價值。《論語‧陽貨篇》說：

> 小子何莫學夫詩！詩可以興，可以觀，可以群，可以怨。邇之事父，遠之事君，多識於鳥獸草木之名。

在〈泰伯篇〉說：

> 興於詩，立於禮，成於樂。

〈子路篇〉又說：

> 誦詩三百，授之以政，不達；使於四方，不能專對。雖多，亦奚以為！

有一次孔子站在院子裡，他的兒子伯魚在他面前走過。他問伯魚說：「學詩乎？」伯魚說：「未也。」孔子說：「不學詩，無以言。」於是伯魚就退而學《詩》❷。

我在作《詩經釋義》時，曾經把上述孔子的這些話語，歸納成三個要點，即：(一)用《詩》涵養性情，以為修身之用；(二)藉《詩》通達世務，以為從政之用；(三)用《詩》練習辭令，以為應對之用；另有附帶的作用，就是多識鳥獸草木之名。現在看來，孔子所說《詩經》的功用，確能深中肯綮。因為詩人溫柔敦厚的美德，和立身處世的哲理，用那些沁人心脾的絕妙好辭表達出來，人們無形中便受到感動和啟發，而陶冶成忠厚和平的個性。具有這種個性，自然可以邇之事父，遠之事君。也就是說：處家庭，處社會，都能夠很適當。其次，《三百篇》中，包括了民間的生活和風俗情形，王朝和各國政治隆污的情形，宗廟的祀神之詩，對時君的讚頌之辭，以及宴貴賓、遣戍役、憂政、傷時……等詩篇，可以取法、可昭炯戒的很多，這自然是為政的人所必當取資的。復次，《詩經》中那些豐富的詞彙，美麗的辭藻，用在談話裡(特別是在外交的場合)，自然優雅動聽；何況春秋時代的風氣，在外交場合中，常常要賦詩見志，因而它在練習辭令方面的功用更大。「不學詩，無以言」，乃是當時的實情，並非過甚其辭。至於多識鳥獸草木之名，雖然是細節，而在人們對自然界的常識方面，也自有其意義。

上述孔子論《詩》的話語，並非徒託空言；在先秦時代，《詩經》確實有這些功用。現在分別舉一些比較顯著的例子如下：

（一）用詩句作爲立身處世的格言

中國的學人，向來都是以好古為美德的；即以孔子之聖，創造了很多的哲理，但他自己還是說：「信而好古。」因為同樣的話語，由當時人口中說出，在一般人看來，也許不值一文；可是曾經古人說過，那就成為金科玉律了。先秦時代，古書（不是當時人的著作）既少，流傳也非常困難（因為簡冊繁重、帛書昂貴的緣故）；只有《詩經》這部古書，既有簡冊，又譜成樂歌，便於傳誦，所以流傳得最廣，於是人們引用得也最多。在先秦，引用詩句作為立身處世之格言，最常見的例子，略如：

衣敝縕袍，與衣狐貉者立，而不恥者，其由也與！「不忮不求，何用不臧。」子路終身誦之。（《論語．子罕篇》）

夫禮，先王以承天之道，以治人之情，故失之者死，得之者生。詩曰：「相鼠有禮，人而無禮；人而無禮，胡不遄死！」（《禮記．禮運篇》）

故以孝事君則忠，以敬事長則順，忠順不失，以事其上，然後能保其祿位，而守其祭祀，蓋士之孝也。詩云：「夙興夜寐，無忝爾所生。」（《孝經．士章》）

獨居思仁，公言言義，其聞之詩也。一日三復「白圭之玷」，是南宮縚之行也。孔子信其仁，以為異姓。（《大戴禮．衛將軍文子》）

姑嘗本原先王之所書，大雅之所道，曰：「無言而不讎，無德而不報。投我以桃，報之以孝。」即此言愛人者必見愛也，而惡人者必見惡也。（《墨子．兼愛篇下》）

詩曰：「天生烝民，有物有則，民之秉彝，好是懿德。」孔子曰：「為此詩者，其知道乎！故有物必有則，民之秉彝也，故好是懿德。」（《孟子．告子篇上》）

在先秦古籍中，這類的例子，真是更僕難數。這裡雖然只舉了六個例子，但也可推知其餘的情形了。

（二）據詩句作爲從政治事的準則

這類的例子，在先秦的典籍中，也是多得不可勝舉。以下只略舉一些比較常見的例子：

北宮文子對曰：「詩云：『敬慎威儀，惟民之則。』令尹無威儀，民無則焉。民所不則，以在民上，不可以終。」（《左傳．襄公三十一年》）

鄭駟秦富而侈，嬖大夫也，而常陳卿之車服於其庭。子思曰：「詩曰：『不解予位，民之攸塈。』不守其位而能久者，鮮矣。」（《左傳．哀公五年》）

其在朝廷，則道仁聖禮義之序；燕處，則聽雅頌之音；行步，則有環佩之聲；升車，則有鸞和之音。居處有禮，進退有度，百官得其宜，萬事得其序。詩云：「淑人君子，其

儀不忒；其儀不忒，正是四國。」此之謂也。（《禮記．經解篇》）

詩云：「殷之未喪師，克配上帝。儀鑒于殷，峻命不易。」道得眾，則得國；失眾，則失國。（《禮記．大學篇》）

（孟子）對曰：「昔者文王之治岐也……老而無妻曰鰥，老而無夫曰寡，老而無子曰獨，幼而無父曰孤。此四者，天下之窮民而無告者也。文王發政施仁，必先斯四者。詩云：『哿以富人，哀此煢獨。』」（《孟子．梁惠王篇下》）

令國家閒暇，及是時，般樂怠敖，是自求禍也。禍福無不自己求之者。詩云：「永言配命，自求多福。」（《孟子．公孫丑篇上》）

諸侯召其臣，臣不俟駕，顛倒衣裳而走，禮也。詩曰：「顛之倒之，自公召之。」（《荀子．大略篇》）

小人反是：致亂而惡人之非己也，致不肖而欲人之賢己也；心如虎狼，行如禽獸，而又惡人之賊己也。諂諛者親，諫爭者疏，修正為笑，至忠為賊。雖欲無滅亡，得乎哉！詩曰：「噏噏呰呰，亦孔之哀。謀之其臧，則具是違；謀之不臧，則具是依。」此之謂也。（《荀子．修身篇》）

以上這些例子，都是引用詩句，作為從政治事之準則的。自然，這些例子，也只是一斑，而不是全豹；但也可以知道先秦的人們，把《詩經》用到處理政事方面的大概情形了。

（三）《詩經》在辭令方面的功用

前文曾引述孔子的話說：「誦詩三百，授之以政，不達；使於四方，不能專對。雖多，亦奚以為！」關於從政方面的功用，已略見前文；關於辭令方面，除通常地引用詩句作為論據外，最重要的還是出使四方時，對異國人士的外交辭令。因為在外交場合裡，如果有些話言之不文，便可能有損於本國的聲譽；又有些話不便於率直的說，就利用賦詩以見意。這類的資料，多見於《左傳》和《國語》兩書中，而《左傳》記載的尤其多。現在就根據這兩部書的記載，略舉幾個例子如左：

（魯文）公如晉，及晉侯盟。晉侯饗公，賦菁菁者莪（杜註：「菁菁者莪，詩小雅。取其『既見君子，樂且有儀。』」）莊叔以公降拜，曰：「小國受命於大國，敢不慎儀？君貺之以大禮，何樂如之！抑小國之樂，大國之惠也。」晉侯降辭。登、成拜。公賦嘉樂。（杜註：「嘉樂，詩大雅。義取其『顯顯令德，宜民宜人，受祿于天。』」）（《左傳．文公三年》）

戎子駒支對曰：「我諸戎飲食衣服，不與華同。贄幣不通，言語不達，何惡之能為？不與於會，亦無瞢焉。」賦青蠅而退。（杜註：「青蠅，詩小雅。取其『愷悌君子，無信讒言。』」）宣子辭焉，使即事於會，成愷悌也。（《左傳．襄公十四年》）

晉侯使韓宣子來聘。……既享，宴於季氏，有嘉樹焉，宣子譽之。武子曰：「宿敢不封殖此樹，以無忘角弓？」（里按：《詩．小雅．角弓》：「兄弟昏姻，無胥遠矣。」韓宣子曾為季武子賦〈角弓〉，故武子云云。）遂賦甘棠。（杜註：「甘棠，詩召南。召伯息於甘棠之下，詩人思之而愛其樹。武子欲封殖嘉樹如甘棠，以宣子比召公。」）宣子曰：「起不堪也，無以及召公。」（《左傳．昭公二年》）

秦伯賦六月（韋註：「六月，小雅，道尹吉甫佐宣王征伐，復文武之業。其詩云：『王于出征，以匡王國。』其二章曰：『以佐天子。』其三章曰：『共武之服，以定王國。』此言重耳為君，必霸諸侯，以匡佐天子。」）子餘使公子降拜，秦伯降辭，子餘曰：「君稱所以佐天子匡王國者以命重耳，重耳敢有惰心？敢不從德？」（《國語．晉語十》。又《左傳．僖公二十三年》略同）

從上舉的例子，可以知道《詩經》在外交辭令方面的功用。相反地，如果《詩經》不熟，以致別人賦詩而自己「不能專對」，乃是非常沒面子的事情。例如：

（齊慶封聘魯）叔孫與慶封食，不敬。為賦相鼠，亦不知也。（杜註：「相鼠，詩鄘風。曰：『相鼠有皮，人而無儀，人而無儀，不死何為！』慶封不知此詩為己，言其闇甚。」）（《左傳．襄公二十七年》）

宋華定來聘，通嗣君也。享之，為賦蓼蕭，弗知；又不答。（杜註：「蓼蕭，詩小雅；義取『燕笑語兮，是以有譽處兮』，樂與華定語也。又曰：『既見君子，為龍為光。』欲以寵光賓也。又曰：『宜兄宜弟，令德壽豈。』言賓有令德，可以壽樂也。又曰：『和鸞雍雍，萬福攸同。』言欲與賓同福祿也。」）昭子曰：「必亡！宴語之不懷，寵光之不宣，令德之不知，同福之不受，將何以在？」（《左傳．昭公十二年》）

像這種尷尬的情形，豈止自己丟人？簡直也失掉了國家的體面！「不學詩，無以言。」這是最顯著的例子。

值得注意的是：上舉（一）、（二）兩項的例子，都是節取《詩》中的一二句乃至於四五句，作為立身處世或從政的準則，並沒有把全首詩都當作教條。第（三）項賦詩見意的例子，所賦的詩，雖然有些可能是全詩；但，賦詩者的用意，也只是取詩中的某些句子。他們所取的，都是一鱗半爪；他們並沒把這一鱗半爪，當作了全龍。到了漢儒，就變本加厲，把每一首全詩，都說成了可以為法，或可作鑑戒的教條，於是《詩》的本義（尤其〈國風〉部分），便大部分被曲解了。

三、先秦說詩的幾種特殊方式

《詩經》在先秦時代的功用，除了用於樂章和關於增加人們對事物的常識（如多識鳥獸草木之名等）之外，已略如前述。但，事態的變化無窮，而《詩經》三百篇還不到四萬字，欲以不到四萬字的詩篇，來應付千變萬化的事態，自然是不夠用的。於是先秦時代說詩的人，就想出了一些特殊的方式。那些特殊的方式，常見的有下列的三種：其一，是斷章取義；其二，是就詩義加以引申；其三，是用詩句作比喻。這樣一來，《詩經》的用途，自然就擴大了。以下就照這三點，分別舉一些例子。

（一）斷章取義

《左傳．襄公二十七年》：

> 鄭伯享趙孟于垂隴，子展、伯有、子西、子產、子太叔、二子石從。趙孟曰：「七子從君，以寵武也，請皆賦，以卒君貺；武亦以觀七子之志。……子大叔賦野有蔓草。趙孟曰：「吾子之惠也。」

〈野有蔓草〉是一首情詩；無論怎樣曲解，也掩蓋不住這首情歌的本色。但子大叔卻向異國的貴賓，賦了這首詩；趙孟還稱讚他，說是「君子之惠」。杜預注說是「取其邂逅相遇，適我願兮」，顯然是對了。《左傳．昭公十六年》，鄭六卿餞宣子於郊，子齹也曾賦〈野有蔓草〉這首詩，取義是相同的。這都是最顯著的斷章取義的例子。

現在再看《國語・晉語十》的例子：

（晉）姜曰：「鄭詩云：『仲可懷也；人之多言，亦可畏也。』昔管敬仲有言，小妾聞之，曰：『畏威如疾，民之上也；從懷如流，民之下也；見懷思威，民之中也。』畏威如疾，乃能威民；威在民上，弗畏有刑。從懷如流，去威遠矣，故謂之下。其在辟也，吾從中也。鄭詩之言，吾其從之。」

「仲可懷也」三句，見於〈鄭風〉的〈將仲子〉。〈將仲子〉是一個女子婉拒男友求愛的詩。姜氏斷章取義地採用了其中的三句話，而演成見懷思威，行政治民的道理。這和原詩的本義，真可謂風馬牛不相及了。

現在再看《禮記・緇衣篇》的例子：

子曰：「唯君子能好其正，小人毒其正。故君子之朋友有鄉，其惡有方。是故邇者不惑，而遠者不疑也。詩云：『君子好仇』。」

「君子好仇」（《毛詩》仇作「逑」），是〈周南・關雎〉的句子。〈關雎〉是一首祝賀新婚的詩，原文是「窈窕淑女，君子好仇。」〈緇衣〉卻只取了「君子好仇」一句。而推衍出「小人毒其正」，君子「朋友有鄉，其惡有方」的道理。

斷章取義，是先秦人說詩最常見的情形。上面所舉的三條，是比較顯著而又有趣的例子，其實，上文第（一）、（二）、（三）各項中所舉的，已有不少是斷章取義的例子了。

（二）就詩義引申

孟子說：「言近而指遠者，善言也。」❸先秦人引詩，也慣用這種方式。如《論語・學而篇》：

子貢曰：「貧而無諂，富而無驕，何如？」子曰：「可也。未若貧而樂，富而好禮者也。」子貢曰：「詩云：『如切如磋，如琢如磨。』其斯之謂與？」子曰：「賜也，始可與言詩已矣；告諸往而知來者。」

「如切如磋，如琢如磨」，是〈衛風・淇奧〉的詩句，本來和「貧而無諂，富而無驕」或「貧而樂，富而好禮」無關。子貢引述這兩句詩，只是表示「貧而樂，富而好禮」，比「貧而無諂，富而無驕」更進一步，有精益求精的意思。聰明的子貢，把這兩句詩義加以引申，所以受到孔子的讚美。

此外，如《禮記・大學篇》：

詩云：「緡蠻黃鳥，止於丘隅。」子曰：「於止，知其所止；可以人而不如鳥乎？」

在〈小雅．緡蠻〉這首詩裡，說黃鳥「止於丘阿」，「止於丘隅」，只是起興之辭，並沒含有什麼哲理的意味。〈大學〉卻把這兩句詩，引申成「知其所止」的意思，便成為人們處世的格言了。

再如《荀子》的〈臣道篇〉：

仁者必敬人，凡人非賢則案不肖也。人賢而不敬，則是禽獸也；人不肖而不敬，則是狎虎也。禽獸則亂，狎虎則危，災及其身矣。詩曰：「不敢暴虎，不敢馮河；人知其一，莫知其它。戰戰兢兢，如臨深淵，如履薄冰。」此之謂也。

〈小旻〉這幾句詩的意思，只是表示自己小心翼翼，以免無故招惹罪過。荀子卻把「不敬不肖」，比作狎虎；因而牽引到「不敢暴虎」等詩句；這樣地引申詩義，簡直像捕風捉影一樣了。

在《呂氏春秋》裡，也有這類穿鑿附會的例子。〈先己篇〉說：

詩曰：「執轡如組。」孔子曰：「審此言也，可以為天下。」子貢曰：「何其躁也？」

孔子曰：「非謂其躁也，謂其為之於此，而成文於彼也。聖人組修其身，而成文於天下矣。」

「執轡如組」這句詩，見於〈邶風〉的〈簡兮〉和〈鄭風〉的〈大叔于田〉，本來是形容駕車者的技術優良，拿著皮革製成的韁繩（堅韌的），好像拿著柔軟的絲繩一樣。但，《呂氏春秋》（雖說是引述孔子和子貢的話，但未必可信）卻把它說成了「聖人組修其身，而成文於天下」。這樣的引申附會，真正像是郢書燕說了。

（三）顯喻和隱喻

除了斷章取義和引申詩義之外，用詩句作比喻，在先秦文獻中，也是常見的例子。比喻又分顯喻和隱喻兩類，現在各舉二三個例子如下：

先看顯喻的例子。《左傳・定公四年》說：

中包胥如秦乞師，秦哀公為之賦無衣。

〈無衣〉是〈秦風〉中的一篇。杜註說：「取其『王于興師，修我戈矛，與子同仇』；『與子偕作』；『與子同行』。」這一說顯然是對的。

再看《國語．晉語十》：

子餘使公子賦黍苗。子餘曰：「重耳之卬君也，若黍苗之卬陰雨也。若君實庇蔭膏澤之，故能成嘉穀，薦在宗廟，君之力也。」

〈小雅．黍苗〉說「芃芃黍苗，陰雨膏之。」子餘使重耳賦〈黍苗〉，意在祈求秦穆公協助重耳返國，其寓意是非常明顯的。

現在再看隱喻的例子。《左傳．襄公八年》：

晉范宣子來聘，且拜公之辱；告將用師于鄭。公享之。宣子賦摽有梅。季武子曰：「誰敢哉！今譬於草木，寡君在君，君之臭味也。歡以承命，何時之有？」武子賦角弓。賓將出，武子賦彤弓。宣子曰：「城濮之役，我先君文公，獻功于衡雍，受彤弓于襄王，以為子孫藏。匄也，先君守官之嗣也，敢不承命！」君子以為知禮。

這年的正月，魯襄公曾到晉國訪問，所以晉國派范宣子來魯國報聘，「且拜公之辱」。另外，范宣子還有一個重要使命，就是希望連合魯國，共同伐鄭；所以他賦了〈摽有梅〉這首詩。〈摽有梅〉是〈召南〉中的一篇，詩的本義，似乎是諷刺起初擇偶太苛，以致到後來急於求婚的女子。詩中有「求我庶士，迨其吉兮」；「求我庶士，迨其今兮」；「求我庶士，迨其謂之」等句。杜註說：「詩人以興女色盛則有衰，眾士求之宜及其時；宣子欲魯及時共討鄭，取其汲汲相赴。」季武子明白了范宣子的意思，所以說「誰敢哉！」，說「歡以承命，何時之有？」意思是說不敢耽誤時機，只要晉國需要魯國出兵，隨便什麼時候都可以，魯國並不自己決定時間。像這樣的賦詩，簡直和打啞謎一樣，如果不是絕頂聰明的人，怎能猜得到這種隱喻呢？

現在，再舉一條《國語》的例子。〈魯語下〉說：

諸侯伐秦，及涇莫濟。晉叔向見叔孫穆子，曰：「諸侯謂秦不恭而討之，及涇而止，於秦何益？」穆子曰：「豹之業及匏有苦葉矣，不知其他。」叔向退，召舟虞與司馬曰：「夫苦匏不材於人，共濟而已。魯叔孫賦匏有苦葉，必將涉矣。具舟除隧，不共有法。」是行也，魯人以莒人先濟，諸侯從之。

原來，古代游渡深水的人，往往用一個葫蘆，繫在背上；藉著葫蘆的浮力，就不至於沉溺。〈匏有苦葉〉是〈邶風〉的一篇，它既說到匏（而且是只可以供濟之用的苦匏），下文又說：「深則厲，淺則揭。」所以叔向明白了叔孫穆子有渡涇水伐秦的決心。但〈匏有苦葉〉這首詩，本來是詩人在河邊看到送訂婚禮物的人，即景而作。叔孫穆子卻隱喻到軍事行動上，叔向也居然了解了叔孫的用意。《詩經》的妙用，有如此者！

四、漢儒詩教說的形式和迂曲的詩說

從上文所說的情形看來：在先秦時代，《詩經》的功用，除了作為樂章和增加對一般事物的常識之外，它可以作為立身處世的格言，可以用作從政治事的準則，可以練習優美的辭令。雖然，在那個時代，還沒有人提出文學欣賞的問題；但，從興、觀、群、怨這些道理看來，把文學的功用，已經說得很到家了。

從先秦引詩的特殊方式來看，斷章取義，就詩意引申，顯喻和隱喻，都只是借《詩經》的語句，來表達另外的意思，和《詩經》的本義，有的若即若離，有的竟全不相干。

在先秦的文獻中，雖然有些記載，說到某篇詩的作意或作者，如：

衛莊公娶於齊東宮得臣之妹曰莊姜，美而無子，衛人所為賦碩人也。（《左傳．隱公三年》）

鄭人惡高克，使帥師次于河上，久而弗召。師潰而歸，高克奔陳。鄭人為之賦清人。（《左傳．閔公二年》）

冬十二月，狄人伐衛。……衛之遺民男女七百有三十人，益之以共滕之民，為五千人，立戴公以廬于曹。許穆夫人賦載馳。（《左傳．閔公二年》）

但，這類的情形，究竟很少。而絕大多數的例子，只是採取詩中的某些句子，作為論述事理的依據。由此，我們可以知道，在先秦，人們引述詩句，等於引述諺語和童謠；他們固然沒把全部《詩經》都當作教條，也沒把整篇的詩，都說成教訓或鑑戒的意義。像子大叔賦〈野有蔓草〉，齊姜氏引〈將仲子〉，他們豈能不知道這都是情歌（後儒所謂「淫奔之詩」）？只是他們所取的乃是詩中的幾句，而不是全篇的詩意。而且那時還沒有後人的道學觀念，所以在公眾的場合，引述這些情歌，而不以為嫌。到了漢儒，硬要把每一首詩，都說成含有教訓或鑑戒的意義，於是把這部優美的文學作品，竟變成死板板的教條了。然而，這種現象之所以形成，也自然是有其原因的。下文對於造成這種現象的原因，和漢儒說詩的迂曲情狀，將分別作一番粗略的敘述。

（一）漢儒的尊孔與崇經

孔子用《詩》和《書》，作為教學的課本，已見前文。孔子歿後，他的許多位高才弟子，散處四方，傳播他的學說。到了孟子，已經把孔子視為「至聖」；在《孟子》七篇中，常常引用《詩》、《書》。所以，到戰國晚年，「其在於詩書禮樂者，鄒魯之士，搢紳先生，多能明之。」❹《荀子》的〈儒效篇〉說：

聖人者，道之管也；天下之道管是矣，百王之道一是矣。故詩書禮樂之（《集解》引劉台拱曰：「之下當有道字。」）歸是矣。詩言是其志也，書言是其事也，禮言是其行也，樂言是其和也，春秋言是其微也。

這已把孔子和五經，推崇到至高無上的地步。戰國時代，雖然諸子並興，百家爭鳴，而且墨家、道家和法家的勢力，都相當強大；但，人徒之眾，地位之尊，究竟都比不上儒家。只是在先秦，孔子的學說和六經，還沒定於一尊而已。

秦始皇焚書坑儒，對於孔子的學說，誠然是一個嚴重的打擊；但儒家所傳的經典，並沒因此絕種。就在漢高祖初年，陸賈還常常地向高帝稱引《詩》《書》。以致惹得不學無術的高帝生了氣，罵陸賈說：「乃翁居馬上得之，安事《詩》《書》！」❺傳《魯詩》的申公，和高祖的弟弟劉交同學。傳《尚書》的伏生，是秦始皇時的博士❻。其他如傳《禮》的高堂生，傳《易》的田何，傳《春秋》的董仲舒，也都是西漢初年人❼。但，在西漢初年，儒學究竟還沒興盛。《史記．儒林列傳》說：

故漢興，然後諸儒始得脩其經藝。……然尚有干戈，平定四海，亦未暇遑庠序之事也。孝惠、呂后時，公卿皆武力有功之臣。孝文時頗徵用（《正義》：「言孝文稍用文學之士居位。」），然孝文帝本好刑名之言。及至孝景，不任儒者，而竇太后又好黃老之術，故諸博士具官待問，未有進者。

尊孔子，崇經學，到戰國晚年，本來已極一時之盛。但，從秦始皇三十四年焚書坑儒起，到漢景帝末年止，在這七十多年中，乃是儒學的衰落時期。到了漢武帝，儒學才又復興起來。《史記·儒林列傳》又說：

及今上即位，趙綰、王臧之屬明儒學，而上亦鄉之；於是招方正賢良文學之士。自是之後，言《詩》於魯則申培公，於齊則轅固生，於燕則韓太傅。言《尚書》自濟南伏生。言《禮》自魯高堂生。言《易》自菑川田生。言《春秋》於齊魯自胡毋生，於趙自董仲舒。及竇太后崩，武安侯田蚡為丞相，絀黃老刑名百家之言，延文學儒者數百人；而公孫弘以《春秋》，白衣為天子三公，封以平津侯。天下學士靡然鄉風矣。

田蚡做丞相，始於建元六年❽。而早在建元元年，趙綰做丞相的時候，就已奏請：「所舉賢良，或治申、商、韓非、蘇秦、張儀之言，亂國政，請皆罷。」❾那時才十六歲的武帝，就已批准了他的建議。加以董仲舒的賢良對策，也建議：「臣愚以為諸不在六藝之科孔子之術者，皆絕其道，勿使並進。」（見《漢書·董仲舒傳》）武帝於是就「卓然罷黜百家，表章六經」❿；而公孫弘竟「以《春秋》，白衣為天子三公」。政府這樣地大力提倡儒學，人們自都靡然鄉風。這時，不但恢復了尊孔崇經的風尚，而且尊崇的程度，已經大大地超過了戰國晚年。於是那時共信為孔子手定的群經，便成了金科玉律的教條。

秦始皇雖然焚書坑儒，但《詩經》由於大家口誦流傳，所以漢初傳《詩經》的人，特別的多。除了齊魯韓三家立於學官之外，河間獻王那裡，還有《毛詩》。由於那時的儒者，認為《詩》三百篇，是經過孔子刪定的⓫，自然每篇含著修身治國的大道理，把《詩經》當作教條，這當是原因之一。

（二）用《詩經》配合政教

孔子說《詩經》的功用，可以「邇之事父，遠之事君」。雖然「事君」是政治方面的功用，但孔子的意思，究竟是以個人的修德為主。他固然認為誦詩可以達政，但從先秦典籍中所載的實例看來，《詩經》在政治方面的作用，主要的是在出使四方時，能夠因詩明志。可是到了漢代，大一統的國家已經形成，出使四方，賦詩見志的風氣，已不復存在。單靠《詩經》涵養成「溫柔敦厚」的性情⓬，固然可以事父事君；但，在政治上的實際作用，並不太大。董仲舒能「以春秋災異之變，推陰陽所以錯行」，用來求雨和止雨⓭，關係國計民生，如此之大。傳《詩》的博士們，如果不能把《詩經》說得在政治和教化上，有重大的意義，就可能遭遇到像轅固生那樣不幸的事件，「入圈刺豕」⓮。

三家詩可惜都失傳了，它們怎樣強調《詩經》在政教方面的用途，我們已不能詳知。但，就傳三家詩的文獻中，我們還可以得到一鱗半爪的記載。《詩含神霧》說⓯：

詩者，持也。在於敦厚之教，自持其心；諷刺之道，可以扶持邦家者也。

《漢書．杜欽傳》說：

后妃之制，夭壽治亂存亡之端也。……是以佩玉晏鳴，關雎歎之。知好色之伐性短年，離制度之生無厭；天下將蒙化，陵夷而成俗也。

據《漢書》注所引臣瓚說，知道這是《魯詩》的說法。

以上齊魯兩家之說，雖然都強調《詩經》和政治化的關係，但都不如《毛詩》所說的更為重要。〈詩序〉說：

治世之音安以樂，其政和：亂世之音怨以怒，其政乖；亡國之音哀以思，其民困。故正得失，動天地，感鬼神，莫近於詩。先王以是經夫婦，成孝敬，厚人倫，美教化，移風俗。

《詩經》的功用，有這麼偉大，所以王式可以用它當作諫書⑯。漢儒把《詩經》當作教條，這自然也是一個重要原因。

(三)在詩教觀念下漢儒迂曲的詩說

詩教一辭，始見於《禮記》的〈經解篇〉，說：

孔子曰：「入其國，其教可知也，溫柔敦厚，詩教也。……」

朱自清認為〈經解〉的寫定，似乎在《淮南子》之後⑰。這一說雖還有商討的餘地；但，它的著成時代，早則不會超過戰國晚年，遲則當在漢武帝時代或以後，是可以斷言的。這裡的「孔子曰」，雖然未必真是孔子的話；但，它說詩教，只著重德育的涵養，則和孔子說詩的意見是相合的。刺取詩中的嘉言，作為立身行事的箴銘(如前文所述)，本來是合情合理的。但，若把全部《詩經》和整首的詩篇，都說得和政治教化有關，那就得煞費苦心。因為《詩經》的三頌部分，固可使儒臣們在歌頌先王和時君的功德方面，有所取資；二雅中也還有些頌美君臣，感傷時政等的詩篇，可以用來當諫書；可是，在〈國風〉裡，這類的詩篇，就委實太少了。不但如此，而且還有幾十篇「淫奔之詩」；要把這些詩都說成有政治和教化的意義，就不得不穿鑿附會了。儘管如此，由於政府既尊孔崇經，說經的人也必須以經學配合政教，於是經生們只得竭盡心智，向著「郢書燕說」的路子走去。以下且看漢儒們的迂曲之說。

《齊詩》有所謂五際六情之說⑱，把詩篇配合著干支五行，用以牽附政事；這正像推《春秋》的災變以求雨止雨，用《尚書・洪範篇》推演災異一樣，其為穿鑿附會，盡人皆知。三家詩的遺說，現在能見到的雖已很少，但從那些一鱗半爪的資料看來，也可以略知他們說詩的迂曲情形。現在，就以《詩經》的首篇——〈關雎〉——為例。《論衡．謝短篇》說：

周衰而詩作，蓋康王時也。康王德缺於房，大臣刺晏，故詩作。

袁宏《後漢紀》述楊賜的話說：

昔周康王承文王之盛，一朝晏起，夫人不鳴璜，宮門不擊柝。關雎之人，見幾而作。

據王先謙的考證⓳，以為這都是《魯詩》的說法。但，細讀〈關雎〉這首詩，絕沒有一句含著諷刺晏起的意思，更無法找到和周康王有絲毫的關係。說詩的人，只是為了使〈關雎〉這首詩，在政教上發生作用，就作了這些無稽之言；然而，又怎能自圓其說呢？

《漢書．匡衡傳》，載衡上疏成帝說：

孔子論詩，以關雎為始。言太上者，民之父母；后夫人之行，不侔乎天地，則無以奉神靈之統，而理萬物之宜。故詩曰：「窈窕淑女，君子好仇。」言能致其貞淑，不貳其操，情欲之感無介乎容儀，宴私之意不形乎動靜，夫然後可以配至尊而為宗廟主。此綱紀之首，王教之端也。

匡衡是后蒼的弟子，他的疏中所說，當是本於《齊詩》。他由於〈關雎〉居《詩經》之首，又抓住了「窈窕淑女，君子好仇」兩句，便推衍了這麼多的大道理。雖然在先秦已有這類引申的風氣，但畢竟不同。因為先秦人說詩，只是採取詩中的幾句，加以引申；而匡衡所言，顯然認為〈關雎〉全篇是歌頌后夫人之德的詩了。其實，〈關雎〉這首詩，又何嘗有這些深文奧義呢？《韓詩》則說〈關雎〉是「刺時」之作。《後漢書．明帝紀》李賢注引《韓詩薛君章句》說：

詩人言雎鳩貞潔慎匹，以聲相求，隱蔽於無人之處。故人君退朝，入於私宮，后妃御見有度，應門擊柝，鼓人上堂。退反宴處，體安志明。今時大人，內傾於色。賢人見其萌，故詠關雎，說淑女，正容儀，以刺時。

說雎鳩「貞潔慎匹」，既沒有事實的根據；而「窈窕淑女，君子好逑」，又何嘗有刺時的意思？這都是為了讓《詩經》在政教方面發生作用，才有這些迂曲之談。

《毛詩》把〈關雎〉說得更隆重了，〈詩序〉說：

關雎，后妃之德也，風之始也，所以風天下而正夫婦也。……是以關雎，樂得淑女，以配君子；憂在進賢，不淫其色。哀窈窕，思賢才，而無傷善之心焉；是關雎之義也。

「哀（愛）窈窕」，是於經文有據的；「思賢才」，還可以勉強地從「淑」字引申出來；至於「憂在進賢，不淫其色」，以及「無傷善之心」，這些「后妃之德」，在〈關雎〉之詩裡，就全無著落。怎麼能「風天下而正夫婦」呢？

三家詩既亡，《毛詩》一枝獨秀，自然它對於後世的影響也最大。毛公說各詩的作意，固然有些可取的；而附會迂曲之談，卻佔了絕大部分。現在，且舉〈鄭風〉中幾首所謂「淫奔之詩」，來看看毛公的說法：

將仲子，刺莊公也。不勝其母，以害其弟。弟叔失道，而公弗制；祭仲諫而公弗聽；小不忍以致大亂焉。

遵大路，思君子也。莊公失道，君子去之，國人思望焉。

狡童，刺忽也。不能與賢人圖事，權臣擅命也。

風雨，思君子也。亂世則思君子不改其度焉。

子衿，刺學校廢也。亂世則學校不修焉。

溱洧，刺亂也。兵革不息，男女相棄，淫風大行，莫之能救焉。

為了節省篇幅，這裡只舉了六個例子；舉例雖少，但已可推見《毛詩》的一般情形。這六首詩，實際上都是「里巷狹邪之所歌」[20]，和莊公、忽、君子、學校、兵革等，絕無絲毫關連。《毛傳》雖已竭盡附會之能事，然究不能自圓其說。《毛傳》說其他諸詩，類此者很多。朱子《詩序辨說》，對於〈毛詩序〉，有很公平的評判[21]：

> 故凡小序，唯詩文明白，直指其事，如甘棠、定中、南山、株林之屬；若證驗的切，見於書史，如載馳、碩人、清人、黃鳥之類；決為無可疑者。其次則詞旨大槩可知必為某事，而不可知其的為某時某人者，尚多有之。若為小序者，……今乃不然：不知其時者，必強以為某王某公之時；不知其人者，必強以為某甲某乙之事。於是傅會書史，依託名謚，鑿空妄語，以誑後人。其所以然者，特以恥其有所不知，而惟恐人之不見信而已。……又其為說，必使詩無一篇不為美刺時君國政而作，固已不切於情性之自然，而又拘於時世之先後。其或書傳所載，當此之時，偶無賢君美謚，則雖有詞之美者，亦例以為陳古而刺今。

朱子究竟讀書淵博，見解高明。在八百多年前，居然有這樣的卓論，真是難得。但，就漢儒的立場來說，《詩經》是孔子刪定的，必定每篇都含著教導世人的大道理；如果不把《詩經》每篇都說得在政教上有重大作用，不但不符合聖人刪定之旨，並且失掉了它在政教方面的作用。

這樣，豈止違反了尊聖崇經的信條？也必然會失去了儒生們顯達的契機。他們所以如此地穿鑿附會，實有不得已的苦衷在。

五、結語

綜合以上所述的情形，可以歸納為以下幾點：

一、先秦人說詩的功用，主要的在於涵養品德（修身）、練達世務（從政）、豐美辭令（應對）。漢人認為詩的功用，也大致如此。但，先秦人說詩，只是採取詩中的幾句嘉言，以作上述的用途；而漢儒則把各詩的全篇，都說成在政治和教化上有重大的意義。

二、先秦人說詩，除了斷章取義之外，固然也有引申詩意或借詩為喻的習慣，但他們所取的，也只是詩中的某些句子。漢人則充分地利用引申和借喻的方法，來說全篇的詩意。

三、由於上述先秦人和漢儒說詩的情形不同，因而先秦人的詩說，並不影響各詩篇的本義；而漢儒之說，對於各詩篇原來的作意，大部分都曲解了。

由此看來，關於解說《詩經》各篇的作意方面，我們應當就各詩篇的原文，來推求各詩篇的本義。三家詩和《毛詩》之說，其確實可信的，固然應當採用它們，至於那些附會迂曲之說，我們決不可再奉為圭臬。宋代的學者，如歐陽修、蘇轍、王質、鄭樵和朱熹等，早就看透了這一點。可惜的是，直到現代，還有人堅信《毛傳》或三家之說，而不敢稍持異議。

造成這種現象的原因，主要的關鍵，是在所謂淫奔之詩。在一般人心目中，以為孔子必然像宋明以來的道學先生一樣，聽到談男女之情的，就要掩耳而走。《詩經》既然是孔子「刪定」的，怎麼會存留那麼多的誨淫之詩？《毛傳》[22]把這些詩都說成諷刺或隱喻之作，很合乎詩教的意義，當是得到孔子刪定之旨的。

殊不知在春秋時[23]，男女之間的鴻溝，並不像後世那麼寬。生在那時代的孔子，他的觀念，也和後代的道學家不同。試打開《左傳》來看，那些上烝下報、父娶子妻、兄妹相姦、易妻奪妾的記載，不一而足。所謂「人盡夫也」[24]，固然是一時的權宜之言，也確有事實的根據。即使到戰國時代，那時人所作的《周禮》[25]，也還說：「中春之月，令會男女。於是時也，奔者不禁；司男女之無夫家者而會之。」[26]嫪毐和秦始皇之母的醜聞，不必說了。像愛魏醜夫的那位秦宣太后，對尚子所說「妾事先生也。……」那一段骯髒話[27]，真使人不堪卒讀。而秦宣太后，卻能對外國的說客，侃侃而談。凡此都可以說明，在春秋戰國時代，人們對於男女的私情，並不像後世看得那麼嚴重。何況，自宋明以來，對於婦女的約束，已到了至極而無以復加的地步；可是近代所流傳的山歌、秧歌等，還大部分都是情歌，並沒被道學的洪流淹沒下去。那麼，在春秋時代，又豈能沒有「里巷狹邪之所歌」？這些發乎情而未必止乎禮義的情歌，正可以表現那時代的婦女，還有一些戀愛和婚姻的自由。即使孔子真的刪過《詩》，也會保存這些足以證驗風俗的文學資料，又何況《三百篇》在孔子以前就有，並沒經過他的刪削呢[28]？

如此說來，我們研讀《詩經》，一定要擺脫漢人所謂「詩教」的枷鎖，而就詩篇的原文，以推尋其原意。然後進而作古文學、古音韻學、古代史事、古代社會、古代生物學等各方面的研究，才不至於辜負了這三百多篇寶貴的資料。

【附註】

❶ 見拙著〈論國風非民間歌謠的本來面目〉，載於《書傭論學集》。

❷ 見《論語・季氏篇》。

❸《孟子・盡心篇下》。

❹ 見《莊子・天下篇》。

❺ 見《史記・酈生陸賈列傳》。

❻ 見《史記・儒林列傳》。

❼ 見《史記・儒林列傳》。

❽ 見《漢書・百官公卿表》。

❾ 見《漢書・武帝紀》。

❿ 見《漢書・武帝紀贊》。

⓫ 孔子刪《詩》之說，雖始見於《史記・孔子世家》，但從漢代的其他記載看來，乃是那時大家共信的說法。

⓬ 語見《禮記・經解篇》。

⓭ 見《史記・儒林列傳》，詳細說法，見《春秋繁露》。

14 見《史記・儒林列傳》。

15 分見〈詩譜序〉、孔氏《正義》，及成伯璵《毛詩指說》引。王先謙《詩三家義集疏》，以為《含神霧》是齊詩派。

16 見《漢書・儒林傳》。

17 見朱自清所著《詩言志辨》，頁九十九。

18 見〈毛詩序〉孔氏《正義》所引《春秋緯演孔圖》。

19 見《詩三家義集疏》〈關雎篇〉。

20 見朱子《詩序辨說》、〈鄘風・桑中序下〉。

21 見〈邶風・柏舟序下〉。

22 因為治三家詩遺說的人太少了，所以這裡單是就《毛傳》說。

23 〈國風〉中所謂「淫奔之詩」，絕大多數是春秋時代的作品。

24 見《左傳》桓公十五年。

25 《周禮》是戰國時代的作品，經過無數學者的考證，現在已成定論。

26 見《周禮・地官・媒氏》。

27 見《戰國策・韓策二》。

28 拙著《詩經釋義》敘論有說。

【貳】楚辭

《楚辭》解題

《楚辭》是戰國時代南方楚人的詩歌。它和《詩經》一樣都是後世詩歌的典範，但二者有所不同。《詩經》的句式，以四言為主，較為整齊；《楚辭》除了少數的作品（如〈橘頌〉）外，句式錯落參差。《詩經》大多從現實生活中取材，富有寫實而典重的色彩；《楚辭》則多寫個人的情感與幻想，山川草木、人鬼神靈，皆可驅馳於筆底，鋪張而浪漫，淒清而緜遠，並且善用「兮」、「些」等字，有它特有的格調。這種差異，和楚國的民族性格、地理環境等因素，都有密切的關係。

《楚辭》以屈原的作品為代表。屈原，本名「平」，「原」是他的號。他是楚國的貴族，懷王時當過左徒的官，口才好，又有學識，入則謀劃國事，施發號令，出則接見賓客，應對諸侯，很能得到懷王的信任。當時楚國有親秦、親齊兩派，屈原是親齊派，秦國看見屈原得勢，便派張儀買通了楚國的權臣靳尚等人，在懷王面前毀謗他。懷王果然中了計，將屈原放逐到漢北去。張儀乘機勸楚懷王和齊國絕交，說秦國將割地六百里送給楚國，作為報酬。等到楚和齊絕了交，張儀卻說答應的只有六里。楚懷王大怒，便舉兵伐秦，不料大敗而歸，這時候才想起屈原，召他回朝，出使齊國。親齊派暫時抬頭，但親秦派不久又得勢，懷王終於被秦國騙了去，拘留下來，就死在秦國。這件事是楚人最痛心的，屈原更不用說。可是懷王的兒子頃襄王，卻還是聽親秦派的話，將他二次放逐到江南去。屈原流浪在外，卻仍然關心朝廷；他不忍目睹亡國的慘狀，又想以一死來感悟頃襄王，最後便自沉在汨羅江裡。

「舉世皆濁而我獨清，眾人皆醉而我獨醒」，屈原的身世真是一齣悲劇。可是他忠君愛國的精神，卻贏得了後人的同情與尊敬。大家都尊稱他是一位偉大的愛國詩人。舊曆五月五日的粽子和競渡，都是用來祭他的；把這一天定為詩人節，也是為了紀念他的緣故。

屈原的作品有〈離騷〉、〈九章〉、〈九歌〉、〈天問〉、〈招魂〉、〈遠遊〉等廿五篇。〈離騷〉和〈九章〉是他放逐時作的，等於他的自傳。〈九歌〉原來是古代楚國民間祭神的樂歌，曾經屈原改寫過，是優美的抒情詩。〈天問〉是一篇奇文，作者在篇中提出對自然界、人事上的現象所發生的疑問，保存了不少的神話傳說和古史資料。〈招魂〉鋪張排比，想像奇特，有些地方描述上下四方的怪物，令人覺得詭異有趣。〈遠遊〉寫周遊上下四方的樂趣，是屈原用幻想創造了一個無限的世界，來寄託他精神上的苦悶。這些作品中，像〈招魂〉等篇，也有人說未必是屈原的作品。

屈原之後，最出色的是宋玉。宋玉相傳是屈原的弟子，作有〈九辯〉，是第一個描寫悲秋的人。他的題材和體製都模擬〈離騷〉和〈九章〉，只是沒有屈原那樣的激切。另外，還有一個景差，據說他是〈大招〉的作者；〈大招〉是模擬〈招魂〉的。

到了漢代，模擬屈原、宋玉的更多，東方朔、王褒、劉向、王逸等人都是。大概在漢武帝時風氣最盛，以後就逐漸衰落。漢人稱這種體制的作品為「辭」，又稱為「楚辭」。漢成帝時，劉向把這些作品編輯起來，成為《楚辭》一書。從此，《楚辭》就成為一部文學總集的名稱。

歷代注解《楚辭》的學者很多，像漢代王逸的《楚辭章句》、宋代洪興祖的《楚辭補注》、朱熹的《楚辭集注》、清代王夫之的《楚辭通釋》、蔣驥的《山帶閣注楚辭》，以及今人姜亮夫的《屈原賦校注》、馬茂元選注的《楚辭選》等都是重要的注本。至於像游國恩的《楚辭論文集》等書，則可供研究者參考。

【楚辭選】

離騷（節）

楚辭．屈原

帝高陽之苗裔兮❶，
朕皇考曰伯庸❷。
攝提貞于孟陬兮❸，
惟庚寅吾以降❹。
皇覽揆余初度兮❺，
肇錫❻余以嘉名。
名余曰正則兮，
字余曰靈均。
紛吾既有此內美兮❼，
又重之以脩能❽。
扈江離與辟芷兮❾，
紉秋蘭以為佩❿。

【語譯】

古帝高陽氏的後代子孫啊，
我堂堂的先父字號叫伯庸。
太歲在寅的那一年正月啊，
庚寅那一天就是我的誕辰。
先父觀測我初生的情況啊，
才賜給我一個嘉良的美名。
他替我取的本名叫正則啊，
他又替我取個表字叫靈均。
我既有這些美好的內在啊，
同時又有超出凡人的長才。
披上江蘺和幽芷的外衣啊，
又編結秋天的蘭花做佩帶。

汩⑪余若將不及兮，
恐年歲之不吾與⑫。
朝搴阰之木蘭兮⑬，
夕攬洲之宿莽⑭。
日月忽其不淹兮⑮，
春與秋其代序⑯。
惟草木之零落兮⑰，
恐美人之遲暮⑱。
不撫壯⑲而棄穢兮，
何不改乎此度⑳？
乘騏驥㉑以馳騁兮，
來吾道夫先路㉒！

匆匆地我好像怕來不及啊，
深恐年光不待容易把人拋。
早晨去拔那山上的木蘭啊，
傍晚又去採那洲畔的宿草。
日月飛逝不肯稍作停留啊，
春天秋天的更替轉眼又到。
想到草木的會隨時凋謝啊，
也就害怕美人的即將衰老。
不珍惜盛年而遠離污穢啊，
你為什麼不改變這種態度？
趕快駕著駿馬向前奔馳啊，
來吧，我在前面為你帶路！

【注釋】

❶ 高陽：古帝顓頊（音「專序」）的稱號。苗裔：後代、子孫。

❷ 朕（音「鎮」）：我。秦始皇以後用做皇帝自稱，以前人人都可自稱為朕。皇考：偉大的先父；對已故父親的尊稱。皇：大，美。伯庸：屈原父親的字。

❸ 攝提：攝提格（寅年）的簡稱。古代紀年的方法，是以太歲星（木星）的運行作為標準。歲星大約十二年繞太陽一周，古代的天文家把它全部運轉的過程，配合十二地支，分為十二個部位。歲星每移轉到一個部位，天文家都給它一個專名，例如移到寅的位置時，就叫做攝提格。貞：當，正當。孟陬（音「鄒」）：孟春正月。孟：始。陬：正月。夏曆的正月是寅月。

❹ 惟：語首助詞。庚寅：庚寅這一天，指屈原出生的日子。降：出生。

❺ 皇：皇考的簡稱。覽揆：觀察測度。揆：測度。初度：初生時的狀況。度：這裡指生辰年月。

❻ 肇：始，才。錫：同「賜」。

❼ 紛：繁盛的樣子。內美：內在的美。

❽ 重（音「眾」）：加上。脩能：長才。

❾ 扈（音「戶」）：披，楚地方言。江離：一種生在江中的香草。離，一作「蘺」。辟芷：一種生在幽僻地方的香草。辟：同「僻」。芷：白芷。

❿ 紉：聯綴，接續。秋蘭：秋天開花的蘭花。佩：指衣帶上的裝飾品。

⓫ 汩（音「股」）：疾速的樣子，這裡指時光過得很快。

⓬ 不吾與（音「宇」）：不我待，不等待我。與：等待。

⓭ 搴（音「千」）：拔取。阰（音「皮」）：山阜。一說，阰為山名。木蘭：一種香木。

⓮ 攬：採取。宿莽：冬生不枯的草。

⓯ 忽：快速的樣子。淹：久留。

⓰ 代序：代謝，遞換。

⓱ 惟：思，想。零落：飄零凋落。

⓲ 遲暮：晚歲，是說年紀老大。
⓳ 撫壯：珍惜壯年。
⓴ 此度：這種態度，指「不撫壯而棄穢」而言。
㉑ 騏驥：駿馬。
㉒ 來：招呼來前的語詞。道：同「導」。先路：前驅。

析論

〈離騷〉就是「遭憂」或「別愁」的意思。它是屈原的作品中最重要的一篇。因此，後人也用它來統稱屈原所有的作品。

〈離騷〉全文二千四百餘字，是屈原血淚交集的傑作，寫他從小志尚高潔，不肯同流合污，而屢遭讒嫉、志不得伸的苦悶心情，是中國抒情長詩的名篇。篇中陳說唐虞三代的安定，桀紂羿澆的變亂，善惡因果，歷歷分明，藉此來諷刺當世，感悟君王；又用許多神話佚聞和動植物的比喻，來委曲地表達他對楚王的忠愛，對賢人君子的嚮往，對佞臣小人的痛惡。設想之奇，辭藻之美，一片懷鄉愛國之情，滿腔生死離別之痛，真是扣人心弦。他又將君王比為美人，將賢臣比為香草，美人香草從此便成為政治上的譬喻，影響後來作詩解詩的人很大。王逸的《楚辭章句》就這樣說：

離騷之文，依詩取興，引類譬喻。故善鳥芳草以配忠貞，惡禽臭物以比讒佞；靈脩美人以媲於君，宓妃佚女以譬賢臣；虬龍鸞鳳以託君子，飄風雲霓以為小人。其辭溫而雅，其義皎而朗，凡百君子，莫不慕其清高，嘉其文采，哀其不遇而愍其志焉。

我們這裡所節錄的是〈離騷〉的第一段，屈原敘述他的先世、出生年月，稟賦之美、修養之好，以及想及時努力、有所建樹的希望。

少司命

楚辭．屈原

秋蘭兮麋蕪❶，
羅生兮堂下❷。
綠葉兮素華❸，
芳菲菲兮襲予❹。
夫人兮自有美子❺，
蓀❻何以兮愁苦？

秋蘭兮青青❼，
綠葉兮紫莖。
滿堂兮美人❽，
忽獨與余兮目成❾。

【語譯】

秋天的蘭花喲芬芳的蘼蕪，
密麻麻生長喲在神堂下頭。
綠色的葉子喲白色的花朵，
芳氣濃郁郁喲正吹襲著我。
凡是人喲自然都有好兒女，
您為什麼喲獨自悲傷憂愁？

秋天的蘭花喲多麼的繁盛，
綠色的葉子喲紫色的花莖。
滿滿一堂喲都是美好人兒，
突然您只跟我喲眉目傳情。

入不言兮出不辭，
乘回風兮載雲旗⑩。
悲莫悲兮生別離⑪，
樂莫樂兮新相知。

荷衣兮蕙帶，
儵而來兮忽而逝⑫。
夕宿兮帝郊⑬，
君誰須⑭兮雲之際？

與女遊兮九河⑮，
衝風至兮水揚波⑯。
與女沐兮咸池⑰，
晞女髮兮陽之阿⑱；
望美人⑲兮未來，

來時不作聲喲去時不告辭，
搭乘著旋風喲張掛著雲旗。
悲傷莫悲過喲活活的分離，
快樂莫樂過喲新交的知己。

荷花做衣裳喲蕙草做衣帶，
您忽然來到喲又忽然離開。
傍晚投宿喲在天國的郊外，
您在彩雲之間喲為誰等待？

跟您遊歷喲在那九道河流，
旋風吹來了喲水激起大波。
跟您沐浴喲在咸池的水裡，
曬您頭髮喲在暘谷的山阿；
盼望美好人兒喲偏偏沒來，

臨風怳兮浩歌⑳。
孔蓋兮翠旍㉑，
登九天兮撫彗星㉒。
竦長劍兮擁幼艾㉓，
蓀獨宜兮為民正㉔。

我臨風惆悵喲高聲的唱歌。
雀翎做車蓋喲翠羽做旗旌，
登上九天之上喲安撫彗星。
高舉著長劍喲保護少年人，
只有您適合喲做萬民之靈。

【注釋】

❶ 麋蕪：即「蘼蕪」，香草名，其莖葉靡弱而繁蕪，故名。
❷ 羅生：並列而生。羅：布列，茂密。堂：指祭祀的神堂。
❸ 素：白色。華：同「花」。華，一作「枝」。
❹ 菲菲：香氣濃郁的樣子。襲：薰染，侵襲。予：我。
❺ 夫：發語詞。美子：美好的兒女。一說，理想的對象。
❻ 蓀：一作「荃」，香草名，這裡指神，是對少司命的美稱。
❼ 青青：同「菁菁」，枝葉茂盛的樣子。
❽ 美人：好人兒，理想的人兒。一說，指參加祭禮的人。
❾ 目成：眉目傳情，用目光傳達情意，是愛情成功的前奏。

❿回風：旋風。雲旗：用彩雲做的旗。
⓫生別離：活生生的離別。
⓬儵：同「倏」（音「束」），急速。逝：去，離開。
⓭帝郊：天帝住處的郊野，即天界。
⓮誰須：就是「須誰」，等待誰。
⓯九河：相傳夏禹治水，怕河水外溢，把它分為徒駭、太史等九道河流。一說，泛指許多河流。
⓰衝風：旋風，狂風。以上兩句，或疑為衍文。
⓱女：同「汝」，你。沐：洗髮。咸池：神話中的池名，是太陽洗澡的地方。
⓲晞：晒乾。陽：疑即暘谷，神話中的山名，就是太陽出來的地方。阿：山曲，山的彎曲處。相傳曲阿是太陽經過的地方。
⓳美人：就是上文的「女」，理想中的人兒。
⓴怳：恍惚，惆悵，失意的樣子。浩歌：高歌，大聲歌唱。
㉑孔：指孔雀的翎毛。蓋：車蓋，車頂。翠：指翡翠鳥的羽毛。旍：同「旌」，旗。
㉒九天：古人認為天有九層，這裡指天的最高處。撫：安定，鎮壓。彗星：俗稱掃帚星。彗星尾巴長，像掃帚，故名。相傳彗星出現，是災禍的象徵。撫彗星：有掃除災難的意思。
㉓竦：挺出，舉起。擁：護立。幼艾：少艾，少年人。
㉔正：中心，主宰。民正：人民之主。

析論

〈少司命〉選自〈九歌〉。〈九歌〉據說原是楚國民間祭神祈福的歌詞，經過屈原的改定，包含有〈東皇太一〉、〈雲中君〉、〈湘君〉、〈湘夫人〉、〈大司命〉、〈少司命〉、〈東君〉、〈河伯〉、〈山鬼〉、〈國殤〉、〈禮魂〉等十一篇作品。歷來解釋〈九歌〉題義的人，都著眼於「九」歌和十一篇作品的分合。有人以為〈東皇太一〉是迎神曲，〈禮魂〉是送神曲；有人說〈湘君〉、〈湘夫人〉應合為一篇，〈大司命〉、〈少司命〉應合為一篇，以求配合「九」歌的篇數；其他的說法也還有，例如有人主張〈九歌〉是指一組樂曲而言，九是虛數，不必實指。但仍以第一種說法比較可取。〈九歌〉充滿了濃厚的宗教色彩，這可能和楚人信鬼好祠有關。它們的產生，在於取悅所祭祀的神，「其祀必使巫覡作樂歌舞以娛神。」所以男女巫覡扮演神靈載歌載舞的場面，恐怕是少不了的；其中描述最多的，是悽惋的戀歌，像〈湘君〉、〈湘夫人〉等篇，都是著名的例子。本篇也是。

在〈九歌〉中，〈湘君〉和〈湘夫人〉是一組，〈大司命〉和〈少司命〉是一組。有人說大司命、少司命都是恆星的名稱，大司命主壽命，少司命主災祥；也有人以為大司命主管的，是人的命運；少司命主管的，是人的愛情。另外，有人主張大司命、少命司一樣都主管人的壽命，但大司命總管人類的生死，所以稱之為大；少司命專司少年的命運，所以稱之為少。說法紛紜，像《楚辭》的其他篇章一樣，很難有一致的看法。

我們對照〈大司命〉和〈少司命〉這兩篇祭歌，覺得前者所塑造的形象，比較嚴肅、冷靜，而後者所塑造的，則是溫柔而多情。從第一段的「夫人兮自有美子，蓀何以兮愁苦」和最後一段的「竦長劍兮擁幼艾，蓀獨宜兮為民正」等句來看，說少司命是專司少年命運的神明，應該是言而有據的；再從「登九天兮撫彗星」等句去推想，說少司命主管災祥吉凶，也講得通；中間幾段寫愛戀之情，顯然是纏綿悱惻的情歌，因此有人把它解釋為司愛之神，也是理所當然了。

全文分為六段。第一段寫祭堂周圍，芳氣襲人，祭巫和少司命在祭堂相會。秋蘭麋蕪，綠葉素華，烘托祭巫的志行芳潔。「芳菲菲兮襲予」的「予」，是祭巫自稱，而「蓀何以兮愁苦」的「蓀」，則是藉香草指少司命。「夫人兮自有美子」一句，有人把「美子」解釋為美好的兒女，這是主張少司命為專司兒童少年的命運；有人把「美子」解釋為美好的男子，這是將祭巫視為女性，而且主張少司命為司愛之神了。

第二段寫祭巫和少司命的情愫。秋蘭菁菁，想見綠葉紫莖的繁盛，這和下句的

「滿堂兮美人」，前後呼應。有人把「美人」解作美好的人兒，有人解作美男子，這都和各自的主張有關。「忽獨與余兮目成」，是說兩情相悅，彼此以眉目傳情。美人滿座，鍾情唯此一人，這是暗示感情的專注。

第三段寫少司命的來去無言。這四句是傳誦千古的名句，極寫新交相知的快樂和乍別分離的哀傷。「入不言兮出不辭」一句，和上段「忽獨與余兮目成」相應，俱見少司命的沉靜之態，這和首段末句「蓀何以兮愁苦」，也可以對照著看。

第四段承先啟後，一寫相思之苦，一寫瞻望之情。「荷衣兮蕙帶」呼應第一、二段；「儵而來兮忽而逝」呼應第三段，亦即「入不言兮出不辭」的意思。「夕宿兮帝郊」二句，寫離別之後，遙望雲際，對少司命備嚐相思之苦。「帝郊」引起下文，「雲之際」承應上文的「乘回風兮載雲旗」。

第五段緊接第四段，寫對少司命的思念。「與女遊兮九河，衝風至兮水揚波」二句，洪興祖《楚辭補注》說是〈河伯〉一篇裡的錯簡，應予刪去。後來選本刪去這兩句的人很多。另外，還有人懷疑這整段文字，都是〈河伯〉一篇的錯簡；以為如此，內容更為集中，語氣更為緊湊。不過，這些都只是猜測，為了慎重起見，我們一仍其舊。這六句中，「與女遊兮九河」和「與女沐兮咸池」對舉成文，句法相同，都是祭巫的幻想。換句話說，是幻想能和少司命一同遨遊，就像太陽的運行一般。據《淮南子・天文篇》說：

日出於暘谷，浴於咸池，拂於扶桑，是謂晨明；登於扶桑，爰始將行，是謂朏明；至於曲阿，是謂日明。……

可見篇中所說，沐髮於咸池，晾髮於陽阿，有神話傳說作為它們的背景。至於後面兩句「望美人兮未來，臨風怳兮浩歌」，則是說明現實的失望之情。

第六段是對少司命的讚頌。「孔蓋兮翠旍」寫少司命的車蓋服飾之美；「撫彗星」、「竦長劍」，寫少司命的威武英發之狀。形象的描寫，非常具體。彗星形如掃帚，俗稱掃帚星，它正是環繞太陽而運行的天體，這和第五段的前面四句，可以合看。文中說少司命能夠「竦長劍兮擁幼艾」，所以可為「民正」。「正」原有鵠的、中心的意思。所謂「民正」，就是萬物的中心，也可以說是主宰人民的命運之神！

山鬼

楚辭．屈原

若有人兮山之阿❶，
被薜荔兮帶女羅❷。
既含睇兮又宜笑❸，
子慕予❹兮善窈窕。

乘赤豹兮從文狸❺，
辛夷車兮結桂旗❻。
被石蘭兮帶杜衡❼，
折芳馨兮遺所思❽。
余處幽篁❾兮終不見天，
路險難兮獨後來❿。

【語譯】

彷彿有個人啊在那山中的坳角裡，
披著薜荔的衣裳啊繫著菟絲帶子。
不僅眼波轉盼含情啊又嫣然淺笑，
你愛慕我啊說我的品貌嫺靜美好。

我駕著赤豹啊文狸在後面緊跟隨，
我用辛夷做車子啊用桂枝做旌旗。
我披上石蘭啊帶著杜蘅芬芳滿身，
我折取香花啊要送給所想念的人。
我住在幽深竹林啊始終不見天日，
路途險阻難行啊所以我來得太遲。

表⓫獨立兮山之上，
雲容容⓬兮而在下。
杳冥冥兮羌晝晦⓭，
東風飄兮神靈雨⓮。
留靈脩兮憺忘歸⓯，
歲既晏兮孰華予⓰？

采三秀兮於山間⓱，
石磊磊兮葛蔓蔓⓲。
怨公子兮悵忘歸，
君思我兮不得閒？

山中人兮芳杜若⓳，
飲石泉兮蔭松柏⓴，
君思我兮然疑作㉑。

我挺然孤獨站在啊這高高的山上，
厚厚雲層飄動啊在山下密布擴展。
眼前一片陰沉啊白天也變得昏暗，
忽然東風吹過啊神靈降雨雨連連。
留下靈脩啊你竟安然忘記來赴會，
歲華已經遲暮啊還有誰給我光輝？

我採一年三秀的靈芝啊在山谷間，
到處是亂石磊磊啊葛草叢生蔓延。
我怨恨公子啊惆悵你忘了來赴會，
難道你還想念我啊只是不得空閒？

山中的人兒像杜若啊滿身的芳馨，
啜飲著山泉啊棲息於松柏的樹蔭，
你說是想念我啊我不知該疑該信。

靁填填㉒兮雨冥冥，
猨啾啾兮狖㉓夜鳴，
風颯颯兮木蕭蕭㉔，
思公子兮徒離憂㉕。

雷聲隆隆作響啊苦雨昏沉沉地飄，
夜裡一片黑暗啊猿猴聲啾啾地叫，
颯颯的風聲啊夾雜著草木的蕭蕭，
為思念公子啊卻只惹來無限煩惱。

【注釋】

❶若有人：好像有個人。若：彷彿，好像。一說，若是發語詞，無義，等於「粵若稽古」的粵若。阿（音「屙」）：彎曲的地方，角落。

❷被（音「批」）：同「披」。薜荔：一種蔓生的香草，這裡指用它製成的衣裳。帶：當動詞用，以……為帶的意思。女羅：又叫菟絲、松蘿，一種蔓生的植物。女羅也可寫成「女蘿」。

❸含睇（音「第」）：含情的眼睛向側斜視。睇：眼波流動向側斜看。宜笑：適合笑，是說笑容動人。

❹子：你，山鬼稱自己所愛慕的對象。下文「公子」、「君」同。予：我，山鬼自稱。下文「余」、「我」同。

❺從（音「綜」）：跟隨。文狸：身上有斑紋的野貓。

❻辛夷車：用辛夷製成的車子。辛夷：一種落葉喬木。桂旗：用桂枝編成的旗子。

❼石蘭、杜衡：二者都是香草。杜衡也可寫成「杜蘅」。

❽芳馨：這裡指芬芳的花草。遺（音「未」）：贈送。

❾處（音「楚」）：住。幽篁（音「皇」）：深暗的竹林。篁：竹叢。

⑩ 後來：這裡是說遲到、來晚了。

⑪ 表：挺然突出的樣子。

⑫ 容容：形容雲層飄動展布的樣子。

⑬ 杳冥冥：形容天色昏暗。羌：楚人的發語詞，無義。晦：暗。

⑭ 雨：當動詞用，降雨。

⑮ 留靈脩：是說雨留住靈脩。留：止。靈脩：指所思慕的人。憺（音「但」）：安樂的樣子。歸：依、就，這裡指來赴約會。

⑯ 晏：晚。孰華予：誰能給我榮光。孰：誰。華：當使動詞，有使……華美、光輝的意思。

⑰ 三秀：芝草的別名。芝草一年開花三次，所以叫做三秀。秀：開花。於：在。有人說「於」讀為「巫」，即指巫山。

⑱ 磊磊：亂山堆積的樣子。葛：一種蔓生的草。

⑲ 芳杜若：像杜若一般的芳香。杜若：香草名。

⑳ 石泉：山中清泉。蔭松柏：就是以松柏為蔭。

㉑ 然疑作：信疑交作。然：信而不疑。作：生。

㉒ 靁：「雷」的古字。填填：形容雷聲，等於隆隆。

㉓ 猨：同「猿」字。啾啾：形容猿猴哀叫的聲音。狖（音「又」）：長尾猿。狖，一作「又」。

㉔ 颯颯：風聲。蕭蕭：風吹動樹木的聲音。

㉕ 徒：只是，徒然。離：同「罹」，遭遇到。

析論

上面說過，〈九歌〉之中，描述最多的是悽惋的戀歌，除〈少司命〉等篇之外，〈山鬼〉也是其中饒有情趣的一篇。

山鬼其實就是山神。白居易〈送客之湖南〉詩：「山鬼趫跳唯一足，峽猿哀怨過三聲。」可見唐代湖南猶有山鬼之說，但〈九歌〉中的山鬼，不但不醜，而且是個善於修飾的女子。有人以為這一篇是採用男女對話的方式，但不如把它看成山鬼一人的自述，由女巫扮演，獨唱獨舞，來得順當。至於有人說山鬼就是指巫山神女，那又稍嫌附會了。

這一篇可以分為六段。

第一段是山鬼的自我介紹。她披帶香草，住在山角裡，「若有人」的若，增加惝怳迷離的神祕氣氛。子是指山鬼所思慕的對象。山鬼說她自己不但美目盼兮，而且巧笑倩兮，品貌美好，是她的對象所一直讚美的。

第二段寫她趕赴情人的約會，不料卻遲到了。她坐著辛夷木製成的車子，車上插著桂枝的旗子；赤豹在前拉車，文狸在車後護隨。這些動植物都是山中常見的東西，用來描寫山鬼的裝扮和車馬，最為相配。山鬼披帶很多的香草，折取芳馨的花木，想送給她所思慕的人。可是山路險難，她又住在不見天日的幽深竹林裡，所以駕車急急忙忙來赴會，仍然遲了一步，來晚了。她沒有去想情人是否來過，也沒有責備情人即使來了，為什麼不多等一會兒，卻先責怨自己來遲。這份深情，令人感動。

第三段寫山鬼兀立山上的失望之情。情人不見，而山雨欲來。山下雲層密布，天昏地暗，是下雨的前兆，也是《楚辭》中慣用來指小人蔽障君子的象徵。靈脩，應指山鬼所思慕的對象。山鬼想：會不會雨留住靈脩，使他安然忘歸？歸在這裡是就、依的意思。忘歸就是忘記來相就。和情人相會的時光是歡樂的，現在情人不來，自然有歲華遲暮、歡樂不再的感覺。

第四段和第五段都是寫山鬼失望之後的猜疑之情。第四段的「君思我兮不得閒」，是山鬼猜想她的情人還是愛她、念她的，只是沒有空閒來赴會而已。第五段的「君思我兮然疑作」，是山鬼猜想她的情人可能變了心，所以信疑交作。這兩段的前兩行，「采三秀兮於山間」、「飲石泉兮蔭松柏」等句，呼應上文「折芳馨兮遺所思」諸語，是山鬼說她一向芳潔自持、用情專一，頗有自憐之意。並不是說情人失約後，她又去山間採芝，飲清泉而蔭松柏。因為第三段和第六段的雨是相銜接的。四、五兩段不過是寫她在赴會遲到後，兀立山上，在淒風苦雨中，對情人不來的推測之辭，以及自傷自憐而已。

第六段寫雷雨交加，猿猴夜啼，風木蕭瑟，山鬼正為相思苦惱著。用山中常見的景色，襯托出山鬼一往情深的淒苦之情。

天問（節）

楚辭·屈原

曰：
遂古❶之初，
誰傳道❷之？
上下未形❸，
何由考之？
冥昭瞢闇❹，
誰能極❺之？
馮翼惟像❻，
何以識之？
明明闇闇，

【語譯】

請問：
遠古歷史的開頭，
是誰流傳稱述它？
天地還沒有形成，
根據什麼考定它？
陰陽晦明太渾沌，
有誰能夠窮究它？
大氣蓬勃靠想像，
為何可以辨識它？
明明暗暗多變化，

惟時[7]何為？
陰陽三合[8]，
何本何化[9]？
圜則九重[10]，
孰營度[11]之？
惟茲何功[12]，
孰初作[13]之？
斡維焉繫[14]？
天極[15]焉加？
八柱[16]何當？
東南何虧[17]？
九天之際[18]，

究竟這是為什麼？
陰陽參錯相配合，
本源演變靠什麼？
圓圓天空有九層，
是誰經營測量它？
究竟這樣有何用，
是誰最早創造它？
天體維繫如何轉？
天的頂端怎麼放？
八根天柱何處撐？
東南為何填不滿？
九重天空的邊緣，

安放安屬❶⓳？
隅隈⓴多有，
誰知其數？

天何所沓㉑？
十二㉒焉分？
日月安屬？
列星安陳？

出自湯谷㉓，
次於蒙汜㉔。
自明及晦，
所行幾里？

夜光㉕何德，

怎樣擺放怎連屬？
彎曲角落常常有，
誰知道它的數目？

天空在哪裡重疊？
十二星辰怎分別？
日月怎樣來連接？
眾星怎樣來陳列？

太陽從湯谷出來，
停宿在蒙汜之濱。
從天明直到天黑，
他經過多少路程？

月亮有什麼本領，

死則又育㉖？
厥利㉗維何，
而顧菟在腹㉘？

女岐無合㉙，
夫焉取㉚九子？
伯強何處㉛？
惠氣㉜安在？

何闔而晦？
何開而明？
角宿未旦㉝，
曜靈㉞安藏？

不任汩鴻㉟，

虧蝕了又能再生？
它的好處是什麼，
竟有兔子在懷中？

女岐並沒有配偶，
怎麼生九個子女？
伯強在哪裡居住？
和風在哪裡停留？

為何關了就昏暗？
為何開了就明亮？
角宿尚未出現時，
陽光在哪裡躲藏？

不勝任治理洪水，

師何以尚之❸❻？
僉❸❼曰何憂，
何不課而行之❸❽？

鴟龜曳銜❸❾，
鮌❹⓿何聽焉？
順欲成功，
帝何刑焉❹❶？

永遏在羽山❹❷，
夫何三年不施❹❸？
伯禹腹鮌❹❹，
夫何以變化？

纂就前緒❹❺，

眾人為何推舉他？
都說是不必擔心，
何不考驗才用他？

鴟龜拖泥又銜土，
鮌為何肯聽從呢？
順應人心成大功，
天帝為何加刑呢？

永久禁閉在羽山，
為何三年不殺他？
伯禹生自鮌腹中，
為何會有這變化？

繼承了前人志業，

遂成考[46]功；
何續初繼業，
而厥謀[47]不同？

洪泉[48]極深，
何以寘[49]之？
地方九則[50]，
何以墳[51]之？

應龍[52]何畫？
河海何歷？
鯀何所營？
禹何所成？
康回馮怒[53]，
地[54]何故以東南傾？

終於完成先父功；
為何承先繼父業，
而他方法就不同？

洪水淵泉極深廣，
拿什麼去填堵它？
土地劃分為九個，
拿什麼去敷布它？

應龍怎麼能劃地？
河海怎麼能遍歷？
鯀是怎樣來經營？
禹是怎樣來完成？
康回勃然大怒時，
地為何就東南傾？

【注釋】

❶ 遂：同「邃」，遂古：遠古。

❷ 傳道：流傳稱道。

❸ 上下：指天地。未形：還沒有成形。

❹ 冥：陰晦。昭：陽明。冥昭：泛指陰陽、晦明以至晝夜、天地等等。瞢闇：朦朧昏昧的樣子。

❺ 極：窮究的意思。

❻ 馮翼：蓬勃蓊鬱的樣子。即元氣氤氳。天地未形，陰陽未分，大氣渾沌一片。惟像：只能靠想像。

❼ 時：是，此，指上文「明明闇闇」。

❽ 陰陽三合：陰陽參錯配合。也有人根據《穀梁傳》：「獨陰不生，陰陽不生，獨天不生，三合而後生」的話，把這句解釋為陰、陽、天三者之間的相互作用。

❾ 本：根源。化：演變。

❿ 圜：同「圓」，指天的形體。九重：九層。古人以為天體是圓的，共有九層，層層重疊包裹。

⓫ 營：經營。度：測度。

⓬ 茲：此，指「圜則九重」。何功：何用。一說，何等的功力。

⓭ 作：創造。

⓮ 斡（音「握」）：旋轉。維：綱繩。斡維：維繫天地旋轉的綱繩。古人以為天體是圓的，有一個可供旋轉的輪軸，靠綱繩維繫著。所以有此一問。一說，斡（音「管」）：蠡柄，指北斗七星中像斗柄的部分；維：即天槍三星，在牧夫座。古人以為維星繫於斗柄後面，跟著北斗而運行。

⓯ 天極：天的頂端。一說，北極星。

⑯八柱：《淮南子》說天由八座大山支撐著，這八座山就稱八柱。古人以為天圓地方，天如圓蓋，地面有八柱（代表四面八方的八方）支撐著，才不下墜。

⑰虧：缺陷。此句是說：東南方土地陷塌填不滿。

⑱九天：據《淮南子》說，中央稱鈞天，東方稱蒼天，東北稱變天，北方稱玄天，西北稱幽天，西方稱昊天，西南稱朱天，南方稱炎天。際：邊緣。

⑲安：焉，何。屬：連續，附麗。

⑳隅隈：角落曲岸。《淮南子》說九天廣大，各有一千一百十一隅。

㉑沓：重複，複沓。一說，會合。

㉒十二：指十二星辰。辰：日月相會。古人把星宿方位劃為十二個，木星（歲星）每年行經一次，約十二年運行一周天。

㉓湯谷：即暘谷，太陽出來的地方。

㉔次：止，宿。蒙汜：一稱蒙谷，日落的地方。汜：水濱。

㉕夜光：月亮。

㉖死：指月虧。育：生，指月圓。

㉗厥：其。利：好處。一說，利：同「黎」，黑的意思，指月中陰影。

㉘菟：同「兔」。後來有月中玉兔擣藥的傳說。一說，顧菟：蟾蜍。

㉙女岐：神女名，也是星宿名。合：配偶。

㉚取：生，育。

㉛伯強：凶神名，主肅殺。有人說就是厲風。處：居。

㉜惠氣：和風。

㉝角宿：二十八星宿之一，清晨時位於東方。旦：原指太陽從地平線上升起，這裡指角宿的出現。

34 曜靈：日光。

35 任：勝任。汩（音「股」）：治理。鴻：洪水。

36 師：眾人，指四岳之長。尚：推舉。

37 僉：皆，都。

38 課：考查，試驗。課而行之：先考驗而後委任他。

39 鴟（音「痴」）：一種兇鳥，俗稱鷂鷹。曳：拖拉。銜：相接。曳銜，一作「曳衒」。

40 鮌：一作「鯀」，顓頊的後裔，禹的父親。相傳鯀見鴟龜曳尾相接，因而取法，築堤防水。

41 帝：據《尚書．堯典》，殺死鯀的是帝舜。一說，指堯。刑：懲罰，殺死。

42 遏：抑制，囚禁。羽山：神話中地名，指位在西北方的玄冥世界。一說，在今山東省境內。

43 施：施行，指殺鯀。一說，施是捨棄的意思；也有人解釋為屍體腐化。

44 伯禹：禹曾被封為夏伯，故稱伯禹。腹鮌：相傳禹是從鮌（鯀）的腹中孕育而生的。

45 纂：同「纘」，集。纂就：繼承。前緒：前人志業。

46 考：死去的父親。

47 謀：指治水的方法。

48 洪泉：洪水匯成的淵谷。

49 寘：同「填」，填塞，防堵。

50 方：比，有劃分、評品的意思。九則：九等。

51 墳：高起的土，這裡有敷陳、分布的意思。

52 應龍：有翼的神龍。相傳應龍以尾劃地，助禹治水，開出河道，導流入海。

53 康回：即共工。據《淮南子．天文訓》說：共工與顓頊爭帝位，怒而觸不周之山，天柱折，地維絕，因而天傾西北，地不滿東南。馮怒：勃然大怒。

54 地：一作「墬」。

析論

〈天問〉選自《楚辭》，是屈原在〈離騷〉之外，另一篇傑出的長詩。這裡選錄的，是開頭的兩個大段。

天問，就是問天的意思。全篇以問句構成，提出一百七十多個問題，總共一千五百多字。其中對宇宙的構造、天地的演化、日月的運行、氣候的寒暑，以及上古的神話傳說、歷朝的興衰治亂等等，都提出了疑問，為我們保存了許多古代神話故事和歷史傳說的寶貴資料。尤其難得的是想像豐富、構思奇特，實在是一篇罕見的奇文。

有人懷疑這篇文章有錯簡，因此將原文的順序作了調整。我們以為證據不足，所以節錄的部分，悉照原文。至於寫作年代，有人以為作於屈原被放逐之後，有人以為作於懷王之時，這些說法也多是臆測之詞，所以我們也暫時存疑。

節選的這兩大段，從開頭到「曜靈安藏」，是有關天文的問題，從「不任汨鴻」到「地何故以東南傾」，是有關地理的問題。

屈原問天，首先問的是天地未形之前，遠古的傳說是如何產生、流傳下來的。戰國時代，很多人喜歡談天說地，像《莊子・天下篇》就說：惠施和黃繚談論風雨雷霆以及天地所以不墜下陷之故。不休不已。而鄒衍也以「談天」著名於世。他們的說法，不少是謬悠無據、渺茫難測的玄談怪論，對於聖人智者而言，是可以「存而不論」、「論而不議」的；屈原的看法也一樣。他對於當時的這些無稽之談，頗表懷疑，因此，文章開頭就再三地問：「誰傳道之」、「何由考之」、「誰能極之」、「何以識之」……。

對於天文，屈原的疑問，就從天地未形之前、渾沌初開之後問起。從「圜則九重」以下，是針對古人天圓地方的說法來問的。古人以為天體是圓的，共有九重；天體所以能夠旋轉，是因為它像車輪一樣，有個軸心，靠天繩維繫著；天地之間，靠八根天柱支撐著；九重天際，有很多彎曲的地方。屈原對此，一一提出疑問，然後再就日月星辰的神話傳說，表示懷疑。古人根據木星（歲星）的運行，分天為十二區域，用以計算時間；日月星辰的運轉，莫不可以與此配合。古人以為太陽朝出湯谷，暮次蒙汜；以為月亮有生霸死霸之分，而且月中有兔；以為角宿等星，與日代序……對於這些說法，屈原無不一一質疑。他的疑問，設想非常奇特，想像非常活潑，能夠引人入勝。

第二大段，是就地理、地「方」來設問的。屈原就從鯀禹治水問起。鯀禹治水，是遠古的著名神話傳說。屈原在這裡，對鯀的所以失敗、禹的所以成功，用詢問的口氣，提出他的看法。

相傳古昔洪水滔天，天地失序，鯀為了紓解民困，從鴟龜曳銜的動作中得到靈感，用防堵法來治洪水。結果，卻失敗了。有的神話故事說，這是鯀違背天意，盜取了天帝的息壤——一種生生不已的土壤，因此被天帝派人把他殺死在羽山之郊。三年後，鯀的腹中孕育出一個新生命，那就是禹。禹繼續治水，不但用防堵法，而且用疏導法。他得應龍（一作「黃龍」）之助，盡力溝洫，導川夷岳，終於平定了洪水。

對於這些傳說，屈原提出的疑問是：鯀假使沒有才能，當初為什麼眾人都推舉他？他治洪水，是順應人民的願望，為什麼天帝要殺死他？既然要殺死他，永遠禁錮在羽山，為什麼三年後又讓他孕育出一個新生命？那豈不是不想真的殺死他嗎？鯀禹的關係是父子，為什麼禹繼承先業，他能成功而鯀就失敗呢？天有九重，地也有九等，禹治水時，又如何去導川夷岳，敷布九州的？

選錄的文章最後二句「康回馮怒，地何故以東南傾」，和前文「八柱何當，東南何虧」二句，是互相呼應的，都是對天地何以東南傾斜的原因，有所質疑。

從選錄的這兩大段，可以看出〈天問〉的特性。豐富的想像力，貫穿全篇；所謂奇思壯采，實在可以當之而無愧。唐代柳宗元曾寫〈天對〉一文，讀者有興趣，自己可以找出來合看，或許能增加閱讀的興趣。

最後要說明的是，選錄的這篇文章，每四句一小段，那是根據用韻的情況來分開的，唯一的例外，是最後的一小段，「應龍何畫，河海何歷」二句，應該自成一組，但因為只有兩句，句式又跟下文的「鮌何所營」四句可以比對，所以就合在一起討論了。

哀郢

楚辭・屈原

皇天之不純命兮❶，
何百姓之震愆❷？
民離散而相失兮，
方仲春而東遷。
去故鄉而就遠兮，
遵江夏以流亡❸。
出國門而軫懷兮❹，
甲之鼂吾以行❺。
發郢都而去閭兮❻，
怊荒忽其焉極❼？
楫齊揚以容與兮❽，
哀見君而不再得。

【語譯】

上天這樣地不能固守常道喲，
為什麼我們這樣地動盪不安？
人民流離失散而彼此不見喲，
正當仲春二月就向東方播遷。
離開了故鄉而踏上了遠道喲，
沿著長江和夏水來四處逃亡。
走出了國門就沉痛地想念喲，
甲日這天的早上我開始流浪。
從郢都出發而離開了家門喲，
心情惆悵恍惚哪裡才是終點？
船槳一起高舉來慢慢前進喲，
可憐我們再也不能見到君王。

望長楸[9]而太息兮，
涕淫淫其若霰[10]。
過夏首而西浮兮[11]，
顧龍門而不見[12]。
心嬋媛[13]而傷懷兮，
眇不知其所蹠[14]。
順風波以從流兮，
焉洋洋而為客[15]？
凌陽侯之泛濫兮[16]，
忽翱翔之焉薄[17]？
心絓結而不解兮[18]，
思蹇產而不釋[19]。
將運舟[20]而下浮兮，
上洞庭而下江[21]。
去終古之所居兮，

望著那高大的楸樹來長嘆喲，
眼淚滾滾而下那就像是冰霰。
轉過了夏水口就向西航行喲，
回頭去看龍門卻已無法望見。
內心激動而又無限的傷感喲，
前途茫茫不知應該走向何方。
順著風浪而隨著流水飄蕩喲，
怎麼無所依傍而作客在他鄉？
乘船越過波浪的洶湧澎湃喲，
快得像飛翔的鳥哪裡才靠岸？
心裡的鬱結卻又無法解開喲，
思緒繁雜紛亂而又無法消散。
準備駕著船隻而順流直下喲，
背著洞庭湖而順流航向長江。
離開自古以來所住的故居喲，

今逍遙而來東。
羌[22]靈魂之欲歸兮，
何須臾而忘反[23]？
背夏浦而西思兮[24]，
哀故都之日遠。
登大墳[25]以遠望兮，
聊以舒吾憂心。
哀州土之平樂兮，
悲江介[26]之遺風。
當陵陽之焉至兮[27]，
淼南渡之焉如[28]？
曾不知夏之為丘兮[29]，
孰兩東門之可蕪[30]？
心不怡之長久兮，

現在飄飄蕩蕩竟流浪到東方。
我們的靈魂這樣想要回去喲，
哪有片刻的時間而忘記歸返？
背對夏口水濱來向西思鄉喲，
哀傷故都的一天比一天遙遠。
登上水濱高丘來瞻望遠方喲，
聊且藉以舒解我內心的憂傷。
惋惜江岸的這樣昇平安樂喲，
悲嘆江邊古代所遺留的風尚。
面向高丘的南方將何所往喲，
江水浩淼即使南渡又能怎樣？
為什麼不知大殿化為丘墟喲，
更何況是兩座東門已變荒涼？
心裡的不愉快這樣長久了喲，

憂與愁其相接。
惟郢路之遼遠兮，
江與夏之不可涉。
忽若去不信兮[31]，
至今九年而不復。
慘鬱鬱而不通兮，
蹇侘傺而含戚[32]。

外承歡之汋約[33]兮，
諶荏弱而難持[34]。
忠湛湛[35]而願進兮，
妒被離而鄣之[36]。
堯、舜之抗行兮[37]，
瞭杳杳而薄天。
眾讒人[38]之嫉妒兮，

舊恨和新愁它們卻彼此牽連。
心想郢都的路途這樣遙遠喲，
長江和夏水間已經不能渡船。
恍惚間去國好像不是真的喲，
到如今已經九年卻不能復返。
內心沉痛鬱抑而又不舒暢喲，
多麼委屈失意而又帶著傷感。

外表是討好人的柔順媚態喲，
內心實在卻軟弱而難以依傍。
忠心耿耿而願意為國效力喲，
妒忌者卻紛紛離間加以阻擋。
帝堯帝舜那樣的崇高行為喲，
光輝悠遠簡直可以直照天空。
一群造謠的小人如何妒忌喲，

被以不慈之偽名❸❾。
憎慍惀❹⓿之修美兮，
好夫人❹❶之忼慨。
眾踥蹀❹❷而日進兮，
美超遠而逾邁❹❸。

亂❹❹曰：
曼余目❹❺以流觀兮，
冀一反之何時❹❻？
鳥飛反故鄉兮，
狐死必首丘❹❼。
信❹❽非吾罪而棄逐兮，
何日夜而忘之？

卻加給了他們不慈愛的罪名。
嫌厭忠厚老實的修德好人喲，
反而喜歡這些小人的假諫言。
所有小人奔競而日被寵信喲，
好人卻被排斥而且更加疏遠。

尾聲是：
張大我的眼睛來環視四方喲，
希望回到我的故都將是何年？
鳥兒飛累了就一定回舊巢喲，
狐狸死了一定也頭朝老山岡。
實在不是我的錯卻被放逐喲，
哪個白天夜晚我曾把它遺忘？

【注釋】

❶皇：大。皇天：上天。純：常，固定。不純命：失掉常道，厄運。

❷百姓：屈原自稱。百姓猶言百官，泛指貴族；屈是楚國三大姓之一。震：震動、恐懼的意思。愆：不安，遇難。

❸遵：沿著。江：長江。夏：夏水，是長江的支流。

❹國門：都門。這裡指郢都的國門。軫懷：痛心，沉痛的懷念。軫：痛苦。

❺甲：古人以干支記日，甲指甲日。鼂：同「朝」，早上。

❻郢都：楚國都城，今湖北江陵。閭：里門，居住的地方。

❼怊：悲傷。荒忽：就是「恍惚」。焉：何。極：終止。

❽楫：船槳。齊揚：並舉。容與：徘徊，緩慢前進。

❾長楸：大楸，一種高大的樹木。

❿涕：流淚。淫淫：流淚很多的樣子。霰：雪珠。

⓫夏首：即夏水口，是夏水入江的地方，在今湖北江陵縣東南。浮：乘船航行。

⓬顧：回頭看。龍門：郢都的東門。一說，郢都南邊的一個城門。

⓭嬋媛：同「嘽咺」，楚地方言。情緒激動的樣子。

⓮眇：同「渺」，遠。其：一作「余」。蹠：腳踏，跳躍。

⓯洋洋：飄泊無依的樣子。客：指流浪在外。

⓰淩：乘著（波浪）。陽侯：水波之神，這裡指水波。泛濫：波濤洶湧的樣子。一說，隨波浮沉的樣子。

⓱焉：何，何處。薄：止，到，迫近。

⓲絓（音「掛」）：懸，牽掛。結：鬱結。

⓳蹇產：委曲，憂鬱。釋：解開。

⓴運舟：迴舟。

㉑上、下：左、右的意思。古禮，東向西向的席位，都以南方為上。屈原離郢都乘舟東行，經夏口，到洞庭湖與長江的會合處，並繼續順江而下。洞庭湖在南，長江在北，所以說「上洞庭而下江」。

㉒羌：發語詞，楚地方言。

㉓須臾：片刻。反：同「返」。

㉔背：背對著，離開。夏浦：夏水之濱。這裡指夏口。西思：想著西方的故鄉。

㉕大墳：水邊高地。

㉖江介：江畔。介：邊側。

㉗陵：高丘，指上文的「大墳」。陽：山的南面。一說，陵陽：地名，今安徽宣城縣。

㉘淼：大水一望無際的樣子。焉如：何如。

㉙曾：何。夏：「廈」的假借。大屋，這裡指郢都宮殿。丘：土墟。

㉚孰：何。兩東門：郢都的兩個東門。蕪：雜草叢生。

㉛一本無「去」字。

㉜蹇：發語詞。侘傺（音「詫赤」）：失意的樣子。戚：憂傷。

㉝汋約：美好的樣子。這裡形容媚態。

㉞諶：實在。荏弱：軟弱。

㉟湛湛：誠懇厚重的樣子。

㊱被離：繁盛而紛亂的樣子。被：同「披」。鄣：同「障」，遮蔽。

㊲抗行：高尚的行為。「堯舜之抗行兮」以下八句，有人以為是〈九辯〉的錯簡。

㊳讒：挑撥離間。讒人：小人。

39 被：加上。不慈：對子女不愛護。偽名：捏造的惡名。此句是說：因為堯舜不傳位給兒子而讓給了賢人，所以被誹謗為「不慈」。

40 慍惀：忠誠。

41 夫（音「服」）人：那（些）個人。

42 踥蹀（音「妾跌」）：奔競，走路輕狂的樣子。

43 邁：走開，遠行。這裡是疏遠的意思。

44 亂：樂歌的卒章或終篇的結語。

45 曼目：縱目，放眼眺望。曼，一作「引」。

46 冀：希望。一反：回去一次。

47 首丘：頭向山丘。相傳狐將死時，頭一定向著生長的地方。

48 信：確實，真正。

析論

〈哀郢〉選自〈九章〉。〈九章〉是屈原的九篇作品，包含〈惜誦〉、〈涉江〉、〈哀郢〉、〈抽思〉、〈懷沙〉、〈思美人〉、〈惜往日〉、〈橘頌〉、〈悲回風〉等。原來各篇是分立的，有的是初次放逐時寫的，有的是二次放逐時寫的，並不成於一時一地。大約在漢代時，才被合在一起而題上「九章」的名稱。〈九章〉除了〈橘頌〉之外，調子都沉鬱悲涼，差不多都和〈離騷〉一樣，援引史事，善用譬喻，來「上以諷諫，下以自慰」。

〈哀郢〉是傷念郢都的意思。郢都是楚國的都城，在今湖北江陵縣東北。它是楚國的政教中心，也是楚國命運的象徵。因此，它的淪亡，也就使楚國人民在精神上頓失依靠，對前途感到絕望。這篇文章的寫作時間，有人根據篇中「方仲春而東遷」、「遵江夏以流亡」、「至今九年而不復」等句，推斷是楚頃襄王時，屈原被放逐江南時所作；也有人斷定是楚頃襄王二十一年（西元前二七八年），秦將白起攻破郢都時所作。就前者來說，這是寫九年流亡生活的經過情形，去國懷鄉之思，憂讒畏譏之感，洋溢在字裡行間；就後者而言，這是寫在郢都危亡前夕的傷悼之情，百姓沉淪之思，個人遷謫之感，躍於紙上。

全篇分成四大段。

第一大段從「皇天之不純命兮」到「今逍遙而來東」為止，寫離開郢都時的去國懷鄉之情，以及離開郢都後東遷流亡的路程。流亡的路程，可以分為兩段來看：從郢都出發，沿著長江、夏水向東前進，到達夏水口，這是第一段；由夏水口轉入湘水，這是第二段。第二段的路程，可以說是由東轉西，也可以說是由北而南，所以文中說是「西浮」或「南渡」。不過，不管是「西浮」或「南渡」，對郢都來說，都是由西而東的，因此，本段末句才說：「去終古之所居兮，今逍遙而來東」，而下文也才說是：「背夏浦而西思兮，哀故都之日遠」。另外，從這段文字來看，也可以知道：屈原離開郢都向東流亡的時間，是春天二月的時節，「甲之鼂」這一天。

第二大段，從「羌靈魂之欲歸兮」到「蹇侘傺而含戚」為止，寫屈原身遭竄逐後的感受。對身世的感慨，對國事的憂傷，都在遙望郢都、想念故國中表現出來。「哀州土之平樂兮，悲江介之遺風」二句，有人以為指郢都的政治風尚已經蕩然無存，有人則以為指當時屈原所在之處，即夏口水邊一帶。這個地區，在長江南邊，雖屬楚地，但沒有感受到強敵侵陵的戰爭壓力，所以仍然生活安定，保存了楚國遺風。一則殘破，一則平樂，對照之下，當然更使屈原「憂與愁其相接」了。

第三大段，從「外承歡之汋約兮」到「美超遠而逾邁」為止，寫小人的得勢、君子的見逐，說明這次去郢東遷的原因。小人善於柔媚，巧於讒言，而且結黨營私，迷惑君王，壓制君子，在屈原看來，這就是楚國所以日近衰亡的主要原因。屈原忠而被謗，直而見嫉，因而心中憤憤不平。

有人（例如劉永濟《屈賦通箋》）說，本段開頭「外承歡之汋約兮」四句，和下段「曼余目以流觀兮」六句，應該同是「亂」辭，而「堯舜之抗行兮」以下八句，與上下文義不甚連貫，又見於〈九辯〉，疑是錯簡。這個說法，可以供讀者參考。

最後一段是「亂」辭。《國語》韋昭注：「篇義既成，撮其大要為亂辭。」這篇的所謂「亂」，指的就是終篇的結語。寫屈原對郢都殷切的懷念和沉痛的心情。《淮南子・說林訓》說過：「鳥飛反鄉，兔死歸窟，狐死首丘」，這和本段所說的「鳥飛反故鄉兮，狐死必首丘」，一樣是藉此當時俗語，來比喻去國懷鄉之感。

這篇文章遣詞懇切，用情深摯，是屈賦中一篇重要的作品。

橘頌

楚辭．屈原

后皇嘉樹❶，
橘徠服兮❷。
受命❸不遷，
生南國兮。
深固難徙，
更壹志兮。
綠葉素榮❹，
紛其可喜兮。
曾枝剡棘❺，
圓果摶❻兮。
青黃❼雜糅，
文章❽爛兮。

【語譯】

天地間有一種美好的樹木，
是橘子，適合這裡的水土。
你稟受了天命，不可移植，
生長在南方這美麗的國度。
根深柢固，有不移的本質，
你更有那專一不二的意志。
翠綠的葉子，潔白的花朵，
繽紛奪目，令人欣喜不過。
重疊的枝條，尖銳的棘刺，
護衛著樹上圓團團的果實。
青的黃的果實交錯真好看，
色彩像那文章一般的燦爛。

精色內白❾，
類任道兮❿。
紛緼宜脩⓫，
姱⓬而不醜兮。

嗟爾⓭幼志，
有以異兮。
獨立不遷，
豈不可喜兮。
深固難徙，
廓⓮其無求兮。
蘇世⓯獨立，
橫而不流⓰兮。
閉心⓱自慎，
終不失過兮。

鮮明的顏色，潔白的內皮，
好像一個任重道遠的君子。
你如此茂密而美好的風姿，
實在完美，簡直沒有瑕疵。

讚嘆你雖幼小卻有好志氣，
早跟其他的樹木有所差異。
你獨立不群，堅定永不移，
品格尊貴，豈不令人欣喜？
你根深柢固，不容易遷徙，
心地寬闊，沒有任何希冀。
你獨醒特立在混濁世界裡，
橫立自持，不肯隨俗披靡。
你緊閉心扉想，謹慎自處，
所以始終不會有什麼錯誤。

秉德無私，
參⑱天地兮。
願歲并謝，
與長友兮⑲。
淑離不淫⑳，
梗㉑其有理兮。
年歲雖少，
可師長㉒兮。
行比伯夷㉓，
置以為像㉔兮。

你稟賦的美德，無偏無私，
參與天地化育，普及萬物。
但願年華雖與歲月同凋零，
卻永遠不改變我們的友情。
你盡善盡美而又不覺淫麗，
既堅定不移而又有條有理。
你的年紀雖然不大還算小，
卻一樣可以當我們的師表。
你的品德崇高，好比伯夷，
可以拿來做模範大家學習。

【注釋】

❶ 后皇：天地。后：后土。皇：皇天。嘉：美。

❷ 徠：同「來」。服：習慣。

❸ 受命：稟受天命。

❹ 素榮：白花。榮：草的花。

❺曾：通「層」，重疊。剡（音「眼」）：尖利，鋒銳。

❻摶（音「團」）：團，圓。

❼青黃：指橘子的皮色。未熟時青色，已熟則成黃色。

❽文章：等於文采。青色與紅色交錯的花紋叫文，紅色與白色交錯的花紋叫章。

❾精：鮮明。內白：指內皮、瓤、子三者，皆白色。

❿類任道：是說橘子好像君子，可以任重道遠。任道，一作「可任」。

⓫紛緼（音「運」）：茂密。宜脩：美好。

⓬姱（音「誇」）：美，好。

⓭爾：你，指橘子。

⓮廓：這裡是說心胸豁達。

⓯蘇：寤，醒。一說，蘇當訓為「啎」（今「忤」字），逆的意思；忤世，也就是說與世俗相違背。

⓰橫而不流：清高自持，超越流俗。

⓱閉心：緊閉心扉，也就是把事情深藏在心中，不輕易出口。

⓲參（音「餐」）：配。

⓳此二句是說：自己年歲雖與歲月俱逝，仍願長與橘為友。并：同「並」，一起。謝：去，凋。

⓴淑：善。離：通「麗」。淫：過。

㉑梗：堅硬。

㉒師長：當動詞用，可以做為師長的意思。

㉓伯夷：殷商末年的義士，品行高潔，不食周粟，和弟弟叔齊餓死在首陽山下。事見《史記・伯夷列傳》。

㉔像：模範，典型。

析論

〈橘頌〉選自〈九章〉。〈橘頌〉在〈九章〉裡，風格與其他各篇迥異，是最接近《詩經》的句式，因而有人以為它是屈原的早期作品。這種說法能否成立，還有待論定。

屈原利用擬人化的寫法，通過對橘子的歌頌，來說明自己堅定不移的情操，不但使人覺得橘子有生命，而且有性格，可以說是中國很早的一篇託物寄興的詠物詩。

戰國時代，群雄割據，一般才智之士，挾策遊說各國，不外是為了一己的功名事業，而屈原卻與此相反，他是個鄉土觀念極重的人，他鄙棄的是見異思遷，他愛重的是堅定貞固，所以他歌頌橘子。

從「后皇嘉樹」到「更壹志兮」，描寫橘子生長南國、受命不遷的個性。據說橘子「踰淮而為枳」，所以這種深固難徙的「壹志」，為熱愛祖國的屈原所樂於歌頌。

從「綠葉素榮」到「姱而不醜兮」，寫橘子的形狀，把它寫成一個文質彬彬、任重道遠的君子。《楚辭》喜歡用外表美好的裝飾，來表現人格的高潔；〈橘頌〉寫橘子的形狀特徵，用意正同。

從「嗟爾幼志」到「參天地兮」，是對橘子性格的正面歌頌。說橘子幼志不凡，獨立不遷，自慎無失，廓其無求，不隨波逐流，不與世浮沉，是讚頌，也是自許，既可呼應上文，又為下文「可師長兮」、「置以為像兮」張本。

最後一段是總結，說橘子年壽雖然不比松柏，但是它「行比伯夷」，仍然值得我們學習。

這篇作品，固然是屈原對橘子的歌頌，事實上也是屈原的夫子自道。就因為屈原具有這種貞固不移的情操，所以他的命運在亂世中是一幕悲劇，而他也終於成為一位偉大的愛國詩人，為後世所歌頌。

漁父

楚辭．屈原

屈原既放，遊於江潭[1]，行吟澤畔；顏色憔悴，形容枯槁。漁父[2]見而問之曰：「子非三閭大夫[3]歟？何故至於斯[4]？」

屈原曰：「舉世皆濁[5]我獨清，眾人皆醉我獨醒，是以見放[6]。」

漁父曰：「聖人不凝滯於物[7]，而能與世推移。世人皆濁，何不淈其泥而揚其波[8]？眾人皆醉，何不餔其糟而歠其釃[9]？何故深思高舉[10]，自令放為[11]？」

屈原曰：「吾聞之：新沐者必彈冠，新浴者必振衣[12]。安能以身之察察[13]，受物之汶汶[14]者乎？寧赴湘流，葬於江魚之腹中；安能以皓皓之白[15]，而蒙世俗之塵埃[16]乎？」

漁父莞爾[17]而笑，鼓枻[18]而去。乃歌曰：「滄浪之水清兮，可以濯吾纓；滄浪之水濁兮，可以濯吾足[19]。」遂去，不復與言。

【注釋】

❶ 江潭：江邊，水側。潭：水深處。《史記》作「濱」。這裡的「江」，有人說是漢水支流的滄浪江，有人說是沅江。

❷ 漁父：打魚的老人。父：楚地對老年人的尊稱。

❸ 三閭大夫：楚國官名，是掌管楚國王族屈、景、昭三姓的官。

❹ 斯：此，這裡，指江潭。屈原是朝中大官，照道理說，不應來到這裡，故云。此句《史記》作「何故而至此」。一說，為什麼到達這個地步呢？

❺ 舉世皆濁：《史記》作「舉世混濁」。舉：全部。

❻ 見放：被放逐。

❼ 凝：凍結不解。滯：停留不前。凝滯於物：對事物的看法，固執不變。

❽ 淈（音「股」）其泥：《史記》作「隨其流」。淈：攪亂的意思。揚其波：推波助瀾的意思。

❾ 餔：食，吃。糟：酒滓。歠（音「輟」）：飲，喝。釃（音「離」）：薄酒。

❿ 深思高舉：深刻的思考，清高的行為。此句《史記》作「懷瑾握瑜」。

⓫ 自令放為：自為令放，自己做得被人放逐了。

⓬ 沐：洗頭髮。浴：洗身體。振：拎起來抖。彈冠、振衣都是為了除去它上面的灰塵，因為新沐浴的人怕弄髒了他清潔的身體。

⓭ 察察：潔白的樣子。

⓮ 汶汶：昏暗的樣子。與「衣」協韻。

⓯ 皓皓：形容白的樣子。白：比喻貞潔。

⓰ 塵埃：《史記》作「溫蠖」，昏憒的意思。「蠖」與「白」協韻。

⓱ 莞爾：微笑的樣子。

⓲ 鼓枻（音「意」）：划船。鼓：拍打。枻：船槳。

⓳ 此四句亦見《孟子．離婁篇上》。是說清水用來濯纓，濁水用來濯足，也就是前面所說的「不凝滯於物，而能與世推移」的意思。

【語譯】

屈原已被放逐之後，漫遊在江邊，行吟在澤旁，臉色憔悴不堪，體貌非常枯瘦。漁翁見了就問他說：「您不是三閭大夫嗎？什麼緣故來到這裡？」

屈原說：「全世上的人都污濁了，只有我是清白的；所有的群眾都昏醉了，只有我是清醒的，就因為這樣，我被放逐了。」

漁翁說：「聖人不會固執於外在的事物，而且能夠跟著時代潮流改變自己的想法。既然世人都污濁了，您為什麼不攪亂那污泥而且激揚那濁流呢？既然大家都昏醉了，您為什麼不吃下那酒糟而且喝掉那薄酒呢？什麼原因你要深刻的思考，高尚的行為，自己做得叫人給放逐了？」

屈原說：「我聽過這樣的話：剛剛洗過頭髮的人，一定要彈彈帽子；剛剛洗完身體的人，一定要抖抖衣服。怎麼可以讓自己這樣潔淨的身體，蒙受外物那樣灰暗的東西呢？寧可自投湘江流水，葬身在江中游魚的肚子裡，怎麼可以讓這樣皓皓的潔白，卻蒙上世俗的塵埃呢？」

漁翁微微地笑著，划著船槳離開了。他竟然唱起歌來：

滄浪的流水瀏清喲，
可以用來洗我冠纓；
滄浪的流水污濁喲，
可以用來洗我雙足。

終於遠去了，不再跟他說話。

析論

〈漁父〉和〈卜居〉在《楚辭》中，是同一類型的作品，舊題屈原所作，但後人表示懷疑的很多。有人以為這應該是楚人悼念屈原，假託成文之作。

這篇作品通過對話的形式，從兩種不同的人生觀念，來表現屈原擇善固執的不屈精神。開頭和結尾是用散文的敘述手法，中間則駢散間用，用韻也比較自由，可以說是介在詩歌和散文之間的一種新體裁，也是辭賦體的文章，由楚辭演化為「不歌而誦」的漢賦的先聲。

文中的漁父，雖然是漁夫打扮，也可能是以捕魚為業，但是，他實際上是一位避世的隱士。他以為既然舉世皆濁，就不妨淈泥揚波，既然眾人皆醉，就不妨餔糟歠釃；水清則可以濯纓，水濁則僅可濯足；這就是所謂「不凝滯於物，而能與世推移。」這也代表了一種和光同塵、苟全性命於亂世的人生觀。這位漁父，高蹈避世，未必真肯與人同流合污，恐怕也是楚狂接輿一流人物。

漁父所說的，和屈原所抱持的人生觀念，完全不同。漁父主張人要與世推移，不凝滯於物，屈原卻主張擇善固執，不隨波逐流。漁父意在隨世俯仰，苟全性命於亂世，屈原則高自標舉，「寧赴湘流，葬於江魚之腹中」。這是兩種不同的人生觀，兩種處理人生的不同態度。文章結尾說漁父遂去，「不復與言」，正是說明屈原和漁父的「道不同」。

有人以為：在文章第二段裡，「清」、「醒」協韻；第三段中，「移」、「波」、「釃」、「為」協韻；第四段裡，「衣」（古音讀若「殷」，見《儀禮》鄭注）、「汶」協韻，「白」、「埃」協韻；末段的滄浪歌，「清」與「纓」，「濁」與「足」協韻。

這些古音協韻的句子，使我們在誦讀時，覺得這篇文章含有詩歌的韻味，加上文中不少駢對的句子，更使我們體會到這是由楚辭而漢賦過渡期的產物。

風賦

楚辭．宋玉

楚襄王遊于蘭臺之宮，宋玉、景差侍❶。有風颯然而至，王迺披襟而當之❷，曰：「快哉此風！寡人所與庶人共者邪❸？」宋玉對曰：「此獨大王之風耳，庶人安得而共之❹！」王曰：「夫風者，天地之氣，溥暢而至，不擇貴賤高下而加焉❺。今子獨以為寡人之風，豈有說乎❻？」宋玉對曰：「臣聞于師❼，枳句來巢，空穴來風❽。其所托者然，則風氣殊焉❾。」

【注釋】

❶ 楚襄王：楚懷王的兒子，名叫熊橫。因為楚懷王被秦國俘去，所以他被楚國大臣擁立為國王。蘭臺：楚國的一座宮苑，舊址在今湖北鍾祥縣。景差：楚國的大夫，和宋玉都以善寫辭賦出名，但沒有作品流傳下來。侍：陪著，隨從。

❷颯然：形容風聲。迺：同「乃」。披襟而當之：敞開衣襟迎著吹來的風。披：開。當：迎向。

❸共：共有，共享。邪：同「耶」。

❹獨：只有。耳：而已，罷了。安得：哪能。

❺溥暢而至：全面普遍地沒有阻擋地吹過來。溥：普遍。暢：通暢。高下：高低，尊卑。加：吹到身上。

❻豈有說乎：難道有什麼道理嗎？說：說法，理由。

❼聞于師：從老師那裡聽說過。

❽枳句（音「指溝」）來巢：枳樹彎曲的枝，就會有鳥來築巢。枳：一種像橘的樹木。句：同「勾」，彎曲。空穴來風：有空隙的地方，就會有風吹進來。

❾其所托者然：它所依托的是這個樣子。然：此，這樣。風氣：這裡指風的氣勢。

【語譯】

楚襄王在蘭臺的宮苑裡遊玩，宋玉、景差陪侍著。有風沙沙地吹來，襄王於是敞開衣襟來迎向它，說：「真爽快啊這陣風！這是我跟平民共同享有的吧？」

宋玉答道：「這只是大王享受的風而已，平民哪裡能夠共同享受它呢！」

襄王說：「說到風這種東西，它是天地之間的氣流，全面而暢通地就吹過來了，不會選擇人的貴賤、地位的高低而後才吹的。如今您偏以為這是我個人享受的風，難道是有什麼道理嗎？」

宋玉答道：「臣下聽老師說過，枳樹的彎枝上，會有鳥巢；空隙的洞穴裡，會有風吹。這是它們所依託的地方使它們這個樣子，因此風的氣勢也就不同了。」

王曰：「夫風，始安生哉❶？」

宋玉對曰：「夫風，生于地，起于青蘋之末。侵淫谿谷，盛怒于土囊之口❷，緣泰山之阿❸，舞于松柏之下，飄忽淜滂，激颺熛怒❹，耾耾雷聲，迴穴錯迕❺，蹶石伐木，梢殺林莽❻。至其將衰也❼，被麗披離，衝孔動楗❽，眴煥粲爛，離散轉移❾。

「故其清涼雄風❿，則飄舉升降，乘凌高城⓫，入于深宮。邸華葉而振氣⓬，徘徊于桂椒之間，翱翔于激水之上⓭，將擊芙蓉之精，獵蕙草，離秦衡，概新夷，被荑楊⓮，迴穴衝陵，蕭條眾芳⓯。然後倘佯中庭，北上玉堂⓰，躋于羅帷，經于洞房⓱，迺得為大王之風也⓲。故其風中人，狀直憯悽惏慄，清涼增欷⓳，清清泠泠，愈病析酲，發明耳目，寧體便人⓴。此所謂大王之雄風也。」

【注釋】

❶安：何（處）。

❷青蘋：水草。末：末梢，尖端。侵淫：漸漸地進入。一說，流散的樣子。谿谷：山谷。谿：同「溪」。盛怒：形容風勢猛烈。土囊：大的山洞。

❸緣：沿著。泰山：大山。阿：山曲。

❹飄忽：往來不定的樣子。淜滂（音「烹龐」）：風吹襲東西的聲音。激颺熛（音「鏢」）怒：形容風勢越來越猛，像水的激盪、火的燃燒。

❺耾（音「洪」）耾雷聲：風聲像響雷一樣。耾耾：形容風聲之大。迴穴錯迕（音「武」）：風勢起伏交錯。迴穴：迴旋不定。一說，急速的樣子。錯迕：錯雜交迕。迕：不順。

❻蹶石：飛沙走石。蹶：動。伐木：摧折樹木。伐：原意是砍。梢殺：衝擊。莽：野草。

❼至其將衰也：等到風勢逐漸平息的時候。

❽被麗披離：四面分散的樣子。衝孔動楗：衝擊小孔，動搖門栓。楗：同「鍵」，門栓。

❾眴（音「炫」）煥粲爛：形容景物鮮明的樣子。這裡是說風定以後塵埃減少，花草樹木都分外光彩。離散轉移：形容風勢輕微，向四面柔和地飄動。

❿雄風：雄駿的風。

⓫乘凌：上升。

⓬邸：同「抵」，觸動，吹動。振氣：散發香氣。

⓭徘徊：和下文的「翱翔」，都是形容風勢和緩。桂椒：桂樹和椒樹。桂花、椒實，都有香氣。激水：流動的水。

⑭精：這裡指花。獵：掠過。離：分開。概：吹平。被：披開。以上四個詞，都形容風在花草上吹動的情形。蕙草、秦蘅：都是香草。一說，秦是香草，蘅是杜蘅。也有人說秦是木名。新夷：就是「辛夷」，也叫木筆，一種落葉喬木。一說，新夷又名「留夷」，是一種草。荑（音「題」）楊：初生的楊枝。草木初生叫「荑」。

⑮衝陵：衝擊山巖。蕭條眾芳：使各種芳香的花草凋零。

⑯倘佯（音「常陽」）：徘徊，也寫作「徜徉」。中庭：庭中，院子裡。玉堂：宮殿的美稱。宮殿都坐北向南，所以風吹進宮殿去，可以說風北上。

⑰躋（音「基」）：上升。羅帷：絲織品製的帷幔。經：經過。洞房：高大寬敞的房屋。

⑱迺得為：（這）才能成為。

⑲中（音「仲」）人：吹到人身上。直：簡直是。憯（音「慘」）、淒、惏（音「林」）、慄：都是形容寒冷的樣子。清涼增欷（音「西」）：風吹到人身上非常清涼，使人舒適地透氣。欷：歔欷，原來是形容悲泣時氣息不暢的樣子。

⑳泠：清涼。愈病：治好疾病。析酲（音「成」）：解醉，醒酒。發明耳目：發耳明目，使人耳目清明。發：開。明：亮。寧體便人：使人身體安寧舒服。

【語譯】

襄王說：「這風起初是怎樣產生的呢？」

宋玉答道：「這風是從地上產生的，從青蘋的末梢吹起，漸漸地注入山谷裡，在大的山洞口勃然猛烈起來，沿著大山的山腰，迴旋在松柏的樹下，飄忽磅礴，激盪飛揚，像轟隆的雷聲，周旋交錯，吹動沙石，摧折樹木，衝擊林野莽原。等到它逐漸平息的時候呀，慢慢向四面分散了，只能衝擊小洞、吹動門栓而已。景物鮮明光亮了，風力散開轉向了。

「所以那清涼的雄風，就飄舞上下，登上越過高的城牆，進入了深邃的宮苑之中，吹動花葉而散發香氣，流連在桂花和椒樹之間，飛舞在流動的水面上，準備吹向芙蓉的花蕊，掠過蕙草，分開秦蘅，籠罩辛夷，披開嫩楊，迴繞洞穴，衝激山陵，凋落了各種各樣的花木。然後流連在庭院裡，向北吹向華美的宮殿，升上輕羅帷幕，到了寬敞的宮室裡，這樣才能成為大王享受的風呀。所以這種風吹到人的身上，情況簡直就是涼意襲人，清爽得令人多透幾口氣；清清涼涼的，可以治病醒酒，耳清目明，身體舒服，使人安康。這就是所謂大王的陽風呀。」

王曰：「善哉論事❶！夫庶人之風，豈可聞乎？」

宋玉對曰：「夫庶人之風，塕然起于窮巷之間，堀堁揚塵，勃鬱煩冤，衝孔襲門❷，動沙堁，吹死灰，駭溷濁，揚腐餘❸，邪薄入甕牖，至于室廬❹。故其風中人，狀直憞溷鬱邑，驅溫致濕❺，中心慘怛，生病造熱❻。中脣為胗，得目為瞣❼，啗齰嗽獲，死生不卒❽。此所謂庶人之雌風也❾。」

【注釋】

❶論事：分析事物。

❷塕（音「蓊」）然：風起的樣子。窮巷：冷僻的小巷。堀（音「決」）：動。堁（音「課」）：塵土。一說，堀堁是昏暗的樣子。勃鬱煩冤：形容風迴旋的樣子。襲：侵入。

❸死灰：冷卻的灰燼。駭：起。溷濁：污穢骯髒之氣。腐餘：東西腐爛以後的氣味。

❹邪：偏斜。薄：迫近。甕牖：用破甕口做窗口。一說，窗圓如甕口。室廬：住房。

❺憞溷：煩濁的樣子。鬱邑：憂悶。驅溫致濕：是說這種風送來了溫濕之氣，使人得病。

❻中心：吹到內心。慘怛：悲慘，憂愁。造熱：使人發燒。

❼中脣：碰到嘴脣上。為胗：成為脣瘡。胗：脣瘡。得目：碰到眼睛上。矆：眼病。

❽啗：吃。齰：嚼。嗽：咂。獲：同「嚄」，大叫。以上四種動作，都形容人中風而口動的樣子。死生不卒：死不了，活不了。卒：終了。

❾雌風：卑惡的風。

【語譯】

襄王說：「說得真好啊您的分析事理。那平民的風，我也可以聽聽嗎？」

宋玉答道：「那平民的風，嗡嗡地從窮僻的小巷裡吹起來，吹動泥土灰塵，鬱積煩悶，衝擊小洞，吹向門戶，捲著沙土，吹動冷灰，激起污濁骯髒的氣息，帶來腐爛以後的氣味，斜斜地吹進破甕做成的窗口，一直到了臥室裡。所以那樣的風，吹到人的身上，情形簡直就是煩濁鬱悶，送來躁熱，帶來濕氣；吹到心中，心情悲戚，像是生病發燒；吹在脣上生瘡，吹到眼睛生矎，嘴巴咀嚼咂呼，乾燥不堪，死不了也活不成。這就是所謂平民的陰風呀。」

析論

宋玉是屈原之後的辭賦大家。與屈原合稱「屈宋」。《史記・屈原賈生列傳》就說：「屈原既死之後，楚有宋玉、唐勒、景差之徒者，皆好辭而以賦見稱。」宋玉的辭賦，有保存在《楚辭》中的〈九辯〉和保存在《昭明文選》中的〈風賦〉、〈高唐賦〉、〈神女賦〉、〈登徒子好色賦〉等篇。除〈九辯〉之外，其他各篇的作者，歷來都有爭論。

〈風賦〉是一篇寓有諷諫意義的作品，明人陳第《屈宋古音義》說：「時襄王驕奢，故玉作此賦以諷之。」就曾指出本文是針對楚襄王生活驕奢淫佚而作。楚襄王的父親懷王，昏庸無能，始而為秦使張儀所惑，背齊聯秦，繼而輕舉妄動，大舉伐秦，最後為秦昭王所誘，客死於異國。襄王繼位之後，不但沒有改弦更張，反而變本加厲，甚至於忘記君國大仇，與秦聯姻結好。楚國的國勢雖然日趨式微，可是襄王卻一直沉湎於驕奢淫佚之中。他帶著侍臣到處遊賞，或登高唐之台，或遊雲夢之浦，追求生活的享受，而置國家於不顧，於是身為侍臣的宋玉，便借風為題，寫了這篇作品。

本文先是總寫風的形成、消長過程，然後才分別寫雌雄二風的不同情狀。雄風越過高城，進入深宮內苑以後，徘徊流連，與時推移，春天則喚醒樹木花草，奇葩異卉，散發陣陣芳香。當它吹過水上時，會激起層層漣漪；而在秋冬之際，則「迴穴衝陵，蕭條眾芳」，在洞穴山陵之間迴旋，花草因而枯萎凋零。這種風吹在人身上，或「憯凄惏慄」，使人傷感；或「清涼增欷」，使人讚嘆。總之，雄風吹人，「清清泠泠」，作用是「愈病析酲，發明耳目，寧體便人」。這便是屬於楚王的雄風。至於那屬於平民的雌風，卻完全相反。它從里巷之間刮起來，捲起塵土，吹入門戶，揚起骯髒的東西和腐爛的氣味。這種風吹到人身上，不是叫人心煩意亂，就是帶來悶熱，令人生病。它吹進人的心中，就使人生病發熱；它吹到人的嘴上，就使人唇上生瘡；它碰到人的眼睛，就使人害了眼病。它使人得病，嘴巴顫動，病苦莫名，陷於半死不活的境地。宋玉描寫雄雌二風的不同情狀，實際上是反映了楚王與庶民之間的貧富懸殊，借以諷喻，使人知所警惕。這在當時具有相當的意義。

〈風賦〉不但在內容思想上有其意義，在藝術上也有其成就。

首先第一點，作為賦體來說，它的出現，即有其歷史意義。劉勰《文心雕龍・詮賦篇》說：「賦也者，受命於詩人，拓宇于楚辭也。于是荀況〈禮〉〈智〉，宋玉〈風〉〈釣〉，爰錫名號，與詩畫境。」劉勰指出荀子的〈賦篇〉（包括〈禮〉、〈知〉等六篇）和宋玉的〈風賦〉、〈釣賦〉（〈釣賦〉見於《古文苑》）是源自《詩經》，從《楚辭》發展而成的。在文學史上，這些作品首先正式用了「賦」這個名稱，由此與《詩經》分流，自成文體而另闢境界。後來的漢賦便是在此基礎上發展起來的。

賦體的表現方式，自有特點。《文心雕龍・詮賦篇》說：「賦者，鋪也，鋪采摛文，體物寫志也。」也就是說，賦要鋪陳詞藻，講究文采，描寫事物，來表現作者的思想感情。〈風賦〉中描寫雌雄二風的具體情狀，盡量鋪排，刻意形容，注意動態、聲響和色彩的描繪，想像活潑，詞藻華麗。

劉勰《文心雕龍・夸飾篇》說：「自宋玉、景差，夸飾始盛。」還特別指出辭賦中誇張形容之風，是從宋玉開始的。不過，宋玉的賦還是以諷喻為主。他以風為喻，巧妙地向襄王進行諷諫，不像後來大多數的漢賦作家，往往本末顛倒，以歌頌王朝聖明為主要內容。賦體的另一表現手法，往往是採用問答的方式。荀子的〈賦篇〉和宋玉的幾篇賦就是如此。這幾乎是當時賦體文所共有的格式。

第二，本文描寫事物非常生動。它極其細緻而生動地描寫了風自形成、消長的過程，以及雌雄二風的不同情狀。如「風生于地，起于青蘋之末」一段，用不同的動詞，準確地把風的消長過程具體地描寫出來，使人讀了如歷其境。對雌雄二風的描寫所用的動詞和形容詞，也無不符合它們的特點，對比強烈而富有感情色彩。同時，它在語言的運用上，很有特色。大體說來，本文在敘述情況時，運用散文語言，而在形容風的具體狀況時，則採用詩的語言。這樣，在語言上就形成了韻散相間、參差錯落的特色。特別值得注意的是，後面三段具體描寫風的部分。作者按照對象的不同，採用不同的韻腳。例如描寫風的消長過程，多用上聲韻：「口」、「下」、「怒」、「迕」、「莽」等，均為上聲（明朝陳第《屈宋古音義》注：口，古音苦；下，古音虎；怒，古音努；莽，古音姥）。上聲念起來聲音猛而強烈，適合表現風勢的種種動態；形容雄風在深宮內苑迴旋徘徊的情景，則押平聲韻：「降」、「宮」相押（降，古音洪）；「上」、「蘅」、「楊」、「芳」、「堂」、「房」押韻（上，古音常；蘅，古音杭。見《屈宋古音義》）。平聲高而悠揚，與雄風的清涼暢快的狀態正相配合。「慄」（音「厲」）、「欷」押去聲，是因為要表現寒意的緣故。至於描寫雌風時，先是押平聲，接著寫它中人的慘狀時，則轉押入聲韻：「邑」、「濕」、「怛」、「熱」、「蔑」、「獲」、「卒」，當中除了「中唇為胗」的「胗」字不是入聲字，幾乎句句以入聲字結尾。入聲字的短促急迫的聲調，有力地烘托出窮苦百姓生活在苦難之中的慘狀。宋玉當時不可能有完整的四聲平仄的知識，但本文在韻律上如此講究整齊，不能不承認這是作者精心錘煉語言的結果。他一定是從具體的感受出發，自然而確切地找出了能體現這種感情的語言。

了解以上的特點，對於我們體會這篇賦，將有進一步的幫助。

【參】

古歌謠

古歌謠解題

《詩經．國風．園有桃》裡有云：

心之憂矣，
我歌且謠。

據《毛傳》的解釋，「曲合樂曰歌；徒歌曰謠。」歌要合樂，所以需要引聲長詠；謠為徒歌，所以重在自得其樂。歌謠連成一詞，始見於《淮南子．主術訓》，它原有觀民風、辨妖祥的作用。

清朝杜文瀾編有《古謠諺》一書，書前〈凡例〉說：「謠諺之興，其始止發乎語言，未著於文字。其去取界限，總以初作之時，是否著於文字為斷。」我們這裡所選錄的古代歌謠，也是參考這個標準。在古書著錄的先秦歌謠中，追記的、依託的、傳疑的作品，自是不少，《左傳》、《戰國策》裡引用的作品，著成於先秦，應該沒有問題。但是，像伊耆氏的〈蜡辭〉和《吳越春秋》的〈彈歌〉，便多少有了疑問。例如〈彈歌〉一詩，劉勰《文心雕龍》雖然以為是黃帝時的歌謠，但在漢人以前，並未見於著錄。因此這裡只是把《詩經》、《楚辭》以外的先秦歌謠，選錄幾首供讀者參考而已。讀者假如對中國歌謠有興趣，可以參閱朱自清《中國歌謠》一書。

朱自清《中國歌謠》裡，錄了一段流行於北方的歌謠，你讀了以後，能不能找出來它出於《論語》的那一篇？這段歌謠如下：

「點兒點兒你幹啥？」

「我在這裡彈琵琶。」

硼的一聲來站起：「我可不與你三比。」

「比不比，各人說的各人理。」

「三月裡，三月三，各人穿件藍布衫，

也有大，也有小，跳在河裡洗個澡。

洗洗澡，乘乘涼，回頭唱個山坡羊。」

先生聽了哈哈喜：

「滿屋子學生不如你。」

另外，朱自清在《經典常談》中曾說歌謠是詩的源頭，並有一段話對歌謠的不同作了客觀的分析，頗有參考價值，茲錄之如下：

歌謠可分為徒歌和樂歌。徒歌是隨口唱，樂歌是隨著樂器唱。徒歌也有節奏，手舞腳蹈便是幫助節奏的；可是樂歌的節奏更規律化些。樂器在中國似乎早就有了，《禮記》裡說的土鼓、土槌兒、蘆管兒，也許是我們樂器的老祖宗。到了《詩經》時代，有了琴瑟鐘鼓，已是洋洋大觀了。歌謠的節奏最主要的靠重疊或叫複沓；本來歌謠以表情為主，只要翻來覆去將情表到了家就成，用不著廢話。重疊可以說原是歌謠的生命，節奏也便建立在這上頭。字數的均齊，韻腳的調協，似乎是後來發展出來的。有了這些，重疊才在詩歌裡失去主要的地位。

有了文字以後，才有人將那些歌謠記錄下來，便是最初的寫的詩了。

【古歌謠選】

澤門之皙

左傳

澤門❶之皙。
實興我役；
邑中之黔❷，
實慰我心。

【語譯】

住在澤門的白臉皮，
是他發起我們的勞役；
住在城裡的黑臉皮，
是他體恤我們的心意。

【注釋】

❶ 澤門：春秋時代宋國東城的南門。當時宋國太宰皇國父就住在附近。

❷ 黔（音「琴」）：這裡是說臉皮黑的意思，與「心」押韻。

析論

這首歌謠見於《左傳・襄公十七年》。故事是說：宋國的太宰皇國父，要為宋平公築臺，卻妨礙了勞役者農作物的收割。子罕同情人民，請求等到農稼忙完之後，再徵調人民去築臺，平公不肯答應。於是，築臺的人唱了這首歌謠。

皇國父住在澤門附近，長得白白淨淨；子罕住在城裡，長得黑黑黝黝。一個不顧人民死活，一個體恤百姓勞苦，形成了強烈的對比。尤其白皙者「興我役」，黑黝者「慰我心」，更具有反諷的效果。

據《左傳》的記載，同情人民的子罕聽到了這首歌謠，很不高興，親自拿著竹鞭，去鞭打那些不肯勉力築臺的人。因為他以為：一個區區的宋國，「有詛有祝，禍之本也。」為了這件事，人民就又要詛咒，又要頌讚，這是不吉祥的。

子產執政

左傳

取我衣冠而褚之❶，
取我田疇而伍之❷。
孰殺子產，吾其與之❸！
我有子弟，子產誨之，
我有田疇，子產殖之。
子產而死，誰其嗣之❹？

【語譯】

拿走我的衣冠還要收費，
佔用我的田地還要徵稅。
誰想要殺子產，我就幫助誰！
我有子弟，子產教誨他，
我有田地，子產墾拓它。
子產假使死了，誰來繼承他？

【注釋】

❶ 褚（音「楚」）：貯。《呂氏春秋・樂成篇》引作「我有衣冠，而子產貯之。」可證。貯：指財物稅，一說是貯藏。

❷ 疇：耕地。伍：「賦」的借字，納田稅的意思。《呂氏春秋・樂成篇》此句作「我有田疇，而子產賦

之。」

❸ 其：將。與：這裡是助的意思。褚、伍、與三字押韻。

❹ 而：假如。嗣：繼承。誨、殖、嗣三字押韻。

析論

這首歌謠見於《左傳．襄公三十年》。子產在鄭國執管政事，第一年怨聲載道，歌謠的第一段，就是當時鄭國國人的心聲。到了第三年，鄭國政治清明，人民安居樂業，因此，原來批評他的人，都反過來讚美他。第二段的三句，正和第一段的三句，句句相對，寫鄭國人民對子產觀感的轉變。

看來，一個有理想、有目標的政治家，有時候是必須擇善固執的。

蜡辭

禮記

土反其宅❶，
水歸其壑。
昆蟲毋作❷，
草木歸其澤。

【語譯】

泥土回去它本宅，
流水回去它山壑。
昆蟲不要興災害，
草木回去它沼澤。

【注釋】

❶ 反：同「返」。此句是說：泥土不要流失，回到它原來聚集的地方去。
❷ 作：興起。

析論

這首歌謠出於《禮記．郊特牲》。原來是伊耆氏蜡祭的祝辭。伊耆氏，相傳是遠古部落的名稱，有人以為是神農氏，也有人說是帝堯。蜡（音「詫」，一音「習」），尋索的意思。蜡祭，是古代在收成好的地方，歲末祭祀農神的一種祭典。它表現了我們祖先在從事農業生產後，要求鬆弛終年勞苦的心情，也表現了他們祈求來年豐收的願望。

這首歌謠，前兩句的「土」、「水」是農人不可缺少的東西。「土反其宅」，是希望泥土不要崩塌流失；「水歸其壑」，是希望流水不要氾濫成災，以便來年耕種灌溉，有個好兆頭。第三、四兩句的「昆蟲」、「草木」，則是農田常見的東西。「昆蟲毋作」，是希望昆蟲不要到處飛，為害農作物；「草木歸其澤」是希望野草雜樹，不要生長到田地裡來。從這些祝辭中，我們可以看到古代農業生活的一些面貌。

彈歌

吳越春秋

斷竹，
續竹❶；
飛土，
逐宍❷。

【語譯】

砍斷竹子，
接續竹子；
射出土彈，
追殺禽獸。

【注釋】

❶此二句是說：砍斷竹子做弓背，連接兩端成弓弦。

❷此二句是說：飛出泥丸，獵取禽獸。宍：古「肉」字。

析論

這首歌謠，選自《吳越春秋·勾踐陰謀外傳》。原文是說，越王勾踐想要攻打吳國，范蠡找到了一位善射的人，名叫陳音。陳音是楚國人。越王請教他說：「我聽說你善射，這善射的道理是怎麼得來的？」陳音答道：「臣下聽說弩生於弓，弓生於彈，彈起於古代孝子不忍心見到父母被禽獸所食，因此作彈來守護。」於是他就唱了這首歌謠。

這首歌謠，起源很早。劉勰在《文心雕龍．通變篇》裡說：「黃歌斷竹。」黃，指黃帝；斷竹，指這首彈歌。這究竟是不是黃帝時的歌謠，雖然不能確定，但從歌謠本身來看，兩字一音步的節奏，簡短有力；「斷」、「續」二字，就概括了製造和使用彈弓的過程；「飛」、「逐」二字，又表現了射獵的豪邁氣概，都寫得非常活潑生動。很可能是遠古流傳下來的一首獵歌，反映了古代漁獵時代的生活。

易水歌

戰國策

風蕭蕭❶兮易水寒❷，
壯士一去兮不復還！

【語譯】

風瑟瑟喲易水淒寒，
壯士一去喲不再生還！

【注釋】

❶ 蕭蕭：風聲。
❷ 易水：水名，源出河北易縣，是當時燕國的南界。

析論

據《戰國策．燕策》和《史記．刺客列傳》的記載，荊軻原是戰國時代衛國人，在燕國時，受到燕太子丹的禮遇。後來他為了替燕太子丹報仇，奉命入秦刺殺秦王嬴政。當他出發時，燕太子丹和賓客都穿著白衣裳，送他到易水岸邊，餞飲而別。當時滿座衣冠似雪，高漸離擊筑，荊軻慷慨悲歌。這首歌，就是當時訣別時所唱的歌曲。唱完之後，荊軻就登車而去，視死如歸，不再回頭。雖然他後來刺殺秦王不成，但他行俠尚義的精神，卻永遠被後人傳誦著。陶淵明〈詠荊軻〉結語就說：「其人雖已沒，千載有餘情。」唐朝詩人駱賓王〈易水送人〉一詩也這樣寫著：

此地別燕丹，
壯士髮衝冠。
昔時人已沒，
今日水猶寒。

成相

荀子

請成相❶，世之殃❷，愚闇愚闇墮賢良❸。人主無賢，如瞽無相何倀倀❹！

請布基❺，慎聖人❻，愚而自專事不治❼。主忌苟勝❽，群臣莫諫必逢災。

論臣過❾，反其施❿，尊主安國尚賢義。拒諫飾非⓫，愚而上同國必禍⓬。

曷謂罷⓭？國多私⓮，比周還主黨與施⓯。遠賢近讒⓰，忠臣蔽塞主勢移⓱。

曷謂賢？明君臣⓲，上能尊主愛下民⓳。主誠聽之⓴，天下為一海內賓㉑。

主之孽㉒，讒人達㉓，賢能遁逃國乃蹶㉔。愚以重愚㉕，闇以重闇成為桀。

世之災，妒賢能，飛廉知政任惡來㉖。卑其志意㉗，大其園囿高其臺㉘。

武王怒㉙，師牧野㉚，紂卒易鄉啟乃下㉛。武王善之㉜，封之於宋立其祖㉝。

世之衰，讒人歸㉞，比干見刳箕子累㉟。武王誅之，呂尚招麾殷民懷㊱。

世之禍，惡賢士，子胥見殺百里徙㊲。穆公任之，強配五伯六卿施㊳。

世之愚，惡大儒，逆斥不通孔子拘㊴。展禽三絀㊵，春申道綴基畢輸㊶。

【注釋】

❶ 成：這裡是演奏或演唱的意思。相：古代民間歌曲的一種，有人說就是舂米歌，這種歌曲在演唱時，是有人相和的。請成相：請聽我演唱相歌。一說，請成相是說希望完成治國的大業。

❷ 世：時代，社會。殃：災禍。

❸ 闇：同「暗」。墮：毀壞，拋棄。

❹ 瞽（音「股」）：指瞎子。相：助，這裡指扶持瞎子的人。何：何其，多麼。倀（音「昌」）倀：原是猖狂的意思，引申為無所適從的樣子。

❺ 布：陳述。基：根本。

❻ 聖：通。聖人：通達人情的意思。因為「人」字不入韻，有人據文義改此句為「慎聽之」。

❼ 自專：獨裁。事不治：事情不能成功。

❽ 忌：猜忌，嫉妒。

❾ 論：評論。過：過錯。

❿ 反：違背。施：宜，指應當做的事。

⓫ 拒諫：不聽勸告。飾非：掩飾過錯。

⓬ 上同：附和君主的意思。禍：遭殃。

⓭ 罷（音「皮」）：通「疲」，指不賢的人。曷謂罷：什麼樣的人叫做不賢呢？

⓮ 國多私：國家中很多謀求私利的人。

⓯ 比周：結黨營私。還：惑亂。一說，環繞，包圍。施：設置。此句是說：在君主周圍結黨營私，惑亂君主。

⓰ 遠賢近讒：疏遠賢人，親近讒人。

⓱主勢移：君主的權勢就要轉移了。

⓲明君臣：明白君臣的上下關係。

⓳愛民下：有人據〈臣道〉等篇所說「上則能尊君，下則能愛民」文義，改此句為「上能尊主下愛民」。

⓴誠：確實，真正。

㉑賓：服從。

㉒孽：災禍。

㉓讒人達：陰謀諂媚的小人得逞了。

㉔蹶（音「決」）：跌倒，這裡指滅亡。

㉕重：加，又。下同。

㉖飛廉、惡來：都是商紂的大臣。知政：掌握政事。任：任用，專擅。

㉗卑其志意：喪失他的志向。

㉘大、高：都當動詞用。囿：供君主游獵的園林。

㉙武王：周武王。

㉚師：軍隊，作動詞用，進軍。牧野：古代地名，周武王打敗紂王的地方。

㉛卒：士兵。鄉：通「向」。易鄉：改變方向，指倒戈。啟：即微子啟，商紂的庶兄。下：投降。

㉜之：代名詞，指微子。

㉝宋：宋國，周初封國之一，在今河南商邱一帶。祖：宗廟，祭祀祖先的地方。

㉞歸：歸附。

㉟比干、箕子：都是商紂的叔父。見刳（音「哭」）：被挖心而死。纍：同「縲」，原是捆綁犯人的繩索，這裡指囚禁。

㊱呂尚：就是姜子牙、姜太公，周初大臣。麾（音「灰」）：指揮用的旗子。招麾：指揮。懷：歸順。

37 子胥：就是伍子胥，春秋時代吳國的大夫，曾勸吳王夫差滅越，後來反而被迫自殺。百里：就是百里奚，春秋時代虞國的大夫，晉滅虞後被俘，後來卻到秦國協助秦穆公完成霸業。徙：遷移。

38 配：匹配，相當於。伯：通「霸」。六卿施：設置了六卿的官制。

39 逆：反對。斥：排斥。不通：不讓大儒當政。孔子拘：指孔子周遊列國、畏匡阨陳，到處碰壁之事。

40 展禽：就是柳下惠，春秋時代魯國人。絀：絀退，罷免。

41 春申：即楚相春申君黃歇，後被李園所殺。綴：通「輟」，廢止。輸：毀壞。基畢輸：基業完全敗壞了。

【語譯】

請聽我演唱治國之方：世上的災殃，都是由於愚昧昏亂的人，陷害賢能忠良。假使君王沒有輔佐的賢臣，就像盲人沒有相者，多麼不適當。

請聽我陳述治國的根本，要好好觀察別人，假使自己愚昧而又專斷，事情就不好辦。君王的猜忌只要多了，眾臣就不敢進諫，否則一定遇災難。

評論臣子的過失，看他是不是違反該做的事：效忠領袖，安定國家，推崇賢良忠義之士。假使拒絕忠告，掩飾過錯，只是愚昧而又附和上司，這種國家一定有災禍。

什麼樣叫做不賢明？就是國中大都謀私利，結成黨派，惑亂君王，黨羽相朋比。遠離賢者，親近小人，忠臣被排擠，君王的權勢自然要轉移。

什麼樣叫做賢明？就是明白君臣的職分，對上能尊敬君王，對下能愛護民眾。君王果然能信任他，天下就統一，海內都服從。

君王的罪過，是小人得逞了，賢能的人逃走了，這樣的國家就要趨於沒落。愚昧而又愚昧，昏亂而又昏亂，就變成了暴君夏桀一般。

世上的災禍，是由於嫉害賢能，就像商紂讓飛廉掌權，又寵信惡來。喪失了他的志氣，只是一味擴大他的花園獵場，築高他的宮殿樓臺。

周武王因此大怒，發兵進攻到牧野那地方，紂王的軍隊倒了戈，紂王哥哥微子啟也投降。周武王善待他，封他在宋國，建立他的宗廟。

世人的不幸，在於進讒的小人都來臨，比干被剖了心，箕子被囚禁。周武王殺了紂王，姜太公揮著大旗，殷商遺民都歸心。

世人的災禍，在於排斥賢能的人才，伍子胥被殺害，百里奚到處遷移。秦穆公任用了他，竟能強大得配稱五霸，六卿的官制也從此建立起來。

世人的愚昧，在於排斥大儒者，抵拒排斥，不使顯達，連孔子也曾遇困阨。柳下惠三次罷官，楚相春申君的理想中斷，基業也就完全敗亡。

請牧基❶，賢者思，堯在萬世如見之❷。讒人罔極❸，險陂傾側此之疑❹。

基必施❺，辨賢罷，文、武之道同伏戲❻。由之者治❼，不由者亂何疑為？

凡成相❽，辨法方❾，至治之極復後王❿。慎、墨、季、惠⓫，百家之說誠不詳⓬。

治復一⓭，脩之吉⓮，君子執之心如結⓯。眾人貳之⓰，讒夫棄之形是詰⓱。

水至平，端不傾⓲，心術如此象聖人。□而有勢⓳，直而用抴必參天⓴。

世無王，窮賢良㉑，暴人芻豢仁人糟糠㉒。禮樂滅息，聖人隱伏墨術行㉓。

治之經㉔，禮與刑，君子以脩百姓寧㉕。明德慎罰，國家既治四海平。

治之志，後勢富㉖，君子誠之好以待㉗。處之敦固㉘，有深藏之能遠思㉙。

思乃精㉚，志之榮㉛，好而壹之神以成㉜。精神相反，一而不貳為聖人㉝。

治之道，美不老㉞，君子由之佼㉟以好。下以教誨子弟，上以事祖考㊱。

成相竭，辭不蹶㊲，君子道之順以達㊳。宗其賢良㊴，辨其殃孽□□□㊵。

【注釋】

❶牧：治。請牧基：請讓我來說說治理國家的根本道理。

❷ 堯在萬世如見之：堯的治國之道流傳萬世，像在眼前一樣，可以效法。

❸ 罔極：沒完沒了，是說無惡不做。

❹ 陂：同「詖」，邪曲，不正。險陂：險惡不正派。傾側：玩弄陰謀。此之疑：是說懷疑堯的這個治國之道。

❺ 施：施行，發展。

❻ 文、武：指周文王、周武王。伏戲：即伏羲氏。

❼ 由：遵循。治：安定。

❽ 凡成相：總括我演唱相歌的意思。

❾ 辨法方：辨別治國方法的好壞。

❿ 復：重複，引申為效法。後王：近時的君王。

⓫ 慎：慎到，戰國時人，前期法家代表之一。墨：墨翟，戰國初期人，墨家的創始人。季：季真，戰國初期人。惠：惠施，戰國時名家代表之一。

⓬ 不詳：偏頗而不全面。一說，詳：通「祥」，吉祥。

⓭ 一：指一貫之道，政治思想的總原則。

⓮ 脩：習，實行。之：指道。

⓯ 執：掌握，實行。心如結：堅定不移的意思。

⓰ 貳：同「忒」，有二心，背棄。

⓱ 形：同「刑」。形是詰：以法責問，以刑治罪。

⓲ 端不傾：端正不傾斜。

⓳ □：疑脫一「人」字。

⓴ 直：公正。抴（音「夜」）：通「枻」，船槳。用抴：船夫用船槳接引乘客，這裡借以形容能寬容人。

〈非相篇〉說：「接人用抴，故能寬容」。參天：與天相配。
㉑ 窮賢良：使有才能的人困窮。
㉒ 暴人：指壞人。芻豢（音「換」）：指牛、羊、犬、豬之類的家畜，這裡比喻味美的食品。糟糠：指粗劣的食品。「仁人」的「人」疑為衍文。
㉓ 隱伏：隱藏，不能通行。墨術：墨家的學術。
㉔ 經：不變的原則。
㉕ 君子以脩百姓寧：君子用來修養自己，百姓因此得到安寧。
㉖ 後勢富：把個人權勢和財富的考慮放在後頭。
㉗ 好以待：好好地等待，指上文「國家既治四海平」。「待」字不入韻，疑當作「持」。
㉘ 處：居，對待。敦固：厚實，堅定。處之敦固：堅定地對待它。
㉙ 有：通「又」。遠思：長遠的考慮。有深藏之能遠思：又能夠深思遠慮。
㉚ 乃：這裡是能的意思。精：仔細，周密。
㉛ 榮：旺盛，廣大。
㉜ 壹：專一。神：〈儒效篇〉：「盡善浹治之謂神」，指完善的境地。
㉝ 此二句是說：精和神原來是不同的，假使能集中而不分散，沒有差錯，就可以說是聖人了。也有人說，「反」應是「及」的錯字。及：達到。
㉞ 美：美好，指專心於「治之道」。老：衰老，指不鬆懈。美不老：永遠專心於「治之道」而不鬆懈。
㉟ 佼（音「姣」）：美好的樣子。
㊱ 事：侍奉。祖考：祖宗，祖先。
㊲ 蹶：短促。辭不蹶：指話已盡而意思沒有完。
㊳ 道：導，行。順以達：順利而且通達。

❸❾ 宗：尊尚。

❹⓿ 殃孽：禍亂，這裡指奸人。辨其殃孽：辨別奸人。此句疑脫三字。

【語譯】

請聽我說治國的基業，要思慕賢能的人，帝堯的治道，能流芳千秋萬世，好像還在眼前，可以看見。但是小人無所不用其極，險惡不正，卻對此始終懷疑。

治國的基業，一定要推展，辨別賢明不賢明，周文王、周武王的原則和伏羲都一樣。遵循它的就安定，不遵循它的就混亂，這還有什麼疑問？

總之我唱這成相歌，討論治國的方向，治理國家的最高理想，就在於效法後王。慎到、墨翟、季真、惠施，諸子百家的說法，都不夠周詳。

治道反正是一個，實踐它就得吉祥，君子秉持著它，內心如同繩打結。要是大家違反了它，小人背棄了它，都要用刑法來處罰。

水面最平衡，端正不傾斜，心術要這樣，才能像聖人。人如果有了權勢，正直而又肯助人，一定可以德配天地。

世上要是沒有聖王，就會使賢良的人困窮，凶惡的人吃肥肉，仁慈的人吃糟糠。禮樂沒人問了，聖人藏匿，墨家的學說到處宣揚。

治國的大道，就在禮儀、刑法兩方面，君子藉此修養品行，百姓藉此得到安寧。表揚德業，慎用刑罰，國家不但安定，四海之內也太平。治國的方向，要把權勢財富放在後邊想，君子好好來堅持。對它誠篤而堅定，又能深思能遠慮。

思慮能精細，志向更廣大，對它喜愛又專心，神奇境界可達成。精神雖然不一樣，只要統一不分開，就是聖人的境界。

治國的道理，美好卻不過時，君子遵循它就會又美又好，對下面可以用來教誨子弟，對上面可以用來敬奉祖考。

演唱的成相歌唱完了，歌辭實在不算短，君子遵照它，就能順利又通暢。崇尚那些賢良的人，辨認那些禍國殃民的小人，□□□。

請成相，道聖王❶，堯、舜尚賢身辭讓❷。許由、善卷❸，重義輕利行顯明❹。

堯讓賢，以為民，泛利兼愛德施均❺。辨治上下❻，貴賤有等明君臣。

堯授能❼，舜遇時❽，尚賢推德天下治。雖有聖賢，適不遇時孰知之❾？

堯不德❿，舜不辭⓫，妻以二女任以事⓬。大人哉舜！南面而立萬物備⓭。

舜授禹，以天下，尚得推賢不失序⑭。外不避仇，內不阿親賢者予⑮。

禹勞心力⑯，堯有德，干戈不用三苗服⑰。舉舜甽畝⑱，任之天下身休息。

得后稷⑲，五穀殖⑳，夔為樂正鳥獸服㉑。契為司徒㉒，民知孝弟尊有德㉓。

禹有功，抑下鴻㉔，辟除民害逐共工㉕。北決九河，通十二渚疏三江㉖。

禹傅土㉗，平天下，躬親為民行勞苦㉘。得益、皋陶、橫革、直成為輔㉙。

契玄王㉚，生昭明㉛，居於砥石遷於商㉜。十有四世㉝，乃有天乙是成湯㉞。

天乙湯，論舉當㉟，身讓卞隨舉牟光㊱。□□□□，道古賢聖基必張㊲。

【注釋】

❶ 道：說。

❷ 辭讓：把帝位讓給賢者。

❸ 許由、善卷：都是堯、舜時代的人。傳說堯要把帝位讓給許由，舜要把帝位讓給善卷，他們都不接受。

❹ 行：德行。顯明：非常光明。

❺ 泛利兼愛：普遍地給予利益和愛護。德施均：恩德布施都能均等公正。

❻ 辨治上下：分別確定上下等級。

❼ 授能：把帝位讓給有能力的人。

❽遇時：逢時。

❾適：恰好。孰：誰。

❿不德：不自居德。不以為自己有賢德。

⓫不辭：不推辭。

⓬妻以二女任以事：堯把自己的兩個女兒嫁給舜，又把治理國家的重任交給他。

⓭南面而立：指當了帝王。古時帝王在朝廷上都是面向南方。備：應有盡有。

⓮得：同「德」。序：次序，條理。

⓯阿：私心。予：給。相傳舜殺了禹的父親鯀，卻讓位給禹，而不讓給自己的兒子商均。

⓰「勞心力」三字前「禹」字疑衍，應刪。

⓱干戈：兵器名，指用武力。三苗：古代的少數民族，在今湖南岳陽、湖北武昌、江西九江一帶。

⓲甽（音「犬」）：田間的小水溝。

⓳后稷：周代的始祖，善於種植各種農作物，曾在堯舜時代做農官，教民耕種。

⓴殖：栽種，也有繁衍的意思。

㉑夔（音「葵」）：相傳是堯時的樂官，他能奏樂使鳥獸起舞。樂正：古代樂官名。

㉒契：商代的始祖，因治水有功，被舜任為司徒，負責教化人民。司徒：古代管理土地和教化人民的官長。

㉓弟：同「悌」，尊敬兄長。尊有德：尊重有德行的人。

㉔抑：遏止。鴻：通「洪」，洪水。抑下鴻：遏止洪水泛濫。

㉕辟除：排除。共工：相傳是堯時的人或部落名，古代神話中的人物。

㉖渚：水中的陸地。九河、三江：泛指江河。

㉗傅：通「敷」，分布。傅土：傳說禹治洪水，把土地分為九州。

㉘ 躬親：親自。行勞苦：做勞苦的工作。

㉙ 益、皋陶（音「搖」）、橫革、直成：相傳都是輔佐禹治理天下的人。「輔」上疑脫「之」字。

㉚ 玄王：即指契，傳說契是玄鳥降生，因稱玄王。

㉛ 昭明：契的兒子。

㉜ 砥石：古地名，未詳所在。商：古地名，在今河南商邱縣一帶。

㉝ 十有四世：十四代。有：又。

㉞ 天乙：即成湯，商代第一個君主。

㉟ 論：評論。舉：推舉。當：適當。

㊱ 卞隨、牟光：都是古代賢人。傳說湯曾想把天下讓給這兩個人，他們都不接受。牟光或稱務光。舉：推舉。通「與」，給予。

㊲ 道：遵照。張：擴大。道古聖賢基必張：遵照古代聖賢的榜樣，國家的基業必然會擴大。這句上面原脫四字。

【語譯】

請聽我再唱成相歌，說說聖明的君王：堯、舜崇尚賢能，親把帝位讓。許由、善卷看重道義，輕視功利，品行實在是高尚。

帝堯讓位給賢能，一切都是為人民，廣泛造福又愛護，對人民的恩德實在是普及均勻。他辨別確定上級下屬的不同，高貴低賤的等級，標明君臣的職分。

帝堯授政給賢能，帝舜遇到好時運，崇尚賢能，推行德業，天下就太平。即使有賢聖，假使不恰巧遇到好時運，又有誰知道他賢明？

帝堯不居德，帝舜不推辭，帝堯把兩個女兒嫁給舜，又託付他整個國家大事。帝堯真是偉大的人啊！他臨朝南面而立，萬物都齊備於前。

帝舜授政給夏禹，一切都是為天下，崇尚德業，推舉賢能，不曾違背老規矩。對外不排斥仇敵，對內不偏私子弟，只要是賢能的人就授予。

花了心血和力氣，帝堯實在有德業，不必動干戈用武力，三苗外族就服服貼貼。從田溝間提拔了舜，任用他管理天下，自己卻退下休息。

找到了后稷，五穀開始繁殖，夔做了樂正，鳥獸都隨音樂起舞。契做了司徒，人民知道要友愛兄弟，尊敬有德的人。

夏禹有功勞，平定了泛濫的洪水，排除人民的公敵，放逐了共工。在北方開鑿九河，通過十二個沙洲，疏導了三江。

夏禹分土列九州，安定天下老百姓，親自為民真勞苦，得到益、皋陶、橫革、直成的幫助。

契又名玄王，生了兒子叫昭明，住在砥石遷到商。第十四代的子孫，就是天乙名成湯。

那天乙成湯，評選推舉都得當，親自讓位給卞隨，推舉了牟光。□□□□，遵照古代賢聖的道理，國家基業一定更擴張。

願陳辭❶，□□□，世亂惡善不此治❷。隱諱疾賢❸，良由姦詐鮮無災❹。

患難哉！阪為先❺，聖知不用愚者謀❻。前車已覆，後未知更何覺時❼！

不覺悟，不知苦，迷惑失指易上下❽。中不上達❾，蒙揜耳目塞門戶❿。

門戶塞，大迷惑，悖亂昏莫不終極⓫。是非反易⓬，比周欺上惡正直⓭。

正直惡，心無度⓮，邪枉辟回失道途⓯。己無郵人⓰，我獨自美豈獨無故⓱！

不知戒，後必有⓲，恨後遂過不肯悔⓳。讒夫多進⓴，反覆言語生詐態㉑。

人之態，不如備㉒，爭寵嫉賢利惡忌㉓。妒功毀賢，下斂黨與上蔽匿㉔。

上壅蔽㉕，失輔勢㉖，任用讒夫不能制㉗。郭公長父之難㉘，厲王流於彘㉙。

周幽、厲㉚，所以敗，不聽規諫忠是害㉛。嗟我何人，獨不遇時當亂世！

欲衷對㉜，言不從，恐為子胥身離凶㉝。進諫不聽，剄而獨鹿棄之江㉞。

觀往事，以自戒，治亂是非亦可識。□□□□，託於成相以喻意㉟。

【注釋】

❶ 願陳辭：我願意藉歌詞把意見陳述出來。這三字上下原脫三字。

❷ 世亂惡善不此治：世道混亂，厭惡賢良，不糾正這種情況。

❸ 諱：疑作「過」，過失。隱諱：掩蓋過錯。疾賢：嫉害賢良。

❹ 良：楊倞注以為當作「長」，經常。由：用。鮮（音「險」）：少。鮮無災：很少不造成災禍。

❺ 阪：斜坡，這裡指不走正道。阪為先：大做邪惡的勾當。

❻ 知：同「智」。聖知不用愚者謀：聰明有智慧的人不任用，卻讓愚蠢的人來籌劃國家大事。

❼ 更：改正。何覺時：什麼時候才能覺悟！

❽ 指：方向。易上下：上下顛倒。易：變。

❾ 中：通「衷」，真實的情況。

❿ 揜：同「掩」，掩蔽。門：了解情況的途徑。

⓫ 悖：錯亂。莫：同「暮」，昏暗。不終極：沒有停止的時候。

⓬ 反易：顛倒。

⓭ 惡（音「物」）：憎恨，排斥。正直：正直的人。

⓮ 度：法度，準則。

⓯ 邪枉：奸邪不正。辟：通「僻」。回：同「迴」，曲折，歪邪。邪枉辟回失道途：做旁門左道的事情，失掉了正確的方向。

⓰ 郵：通「尤」，怨恨。

⓱ 故：過錯。豈獨無故的「獨」字疑是衍文。

⓲ 後必有：將來必定重蹈覆轍。

⑲ 恨：通「很」，不順從。後：當作「復」，通「愎」（音「必」），固執己見。遂：順從。恨復遂過：拒絕規勸，堅持錯誤。悔：悔改。

⑳ 多進：多被進用。

㉑ 態：表面順從。一說，通「慝」（音「特」），邪惡。

㉒ 如：楊倞注改作「知」。備：防備，警惕。

㉓ 利：疑當作「相」。

㉔ 斂：聚，集結。蔽：蒙蔽。匿：隱藏。上蔽匿：君主就會受蒙蔽。

㉕ 壅蔽：堵塞，蒙蔽。

㉖ 失輔勢：失去了輔佐和權勢。

㉗ 制：控制。

㉘ 郭公長父：即虢（音「國」）公長父，周厲王的臣子，深得厲王的信任。「郭」原作「孰」，據楊倞注改。郭公長父之難：由於郭公長父而造成人們的反抗暴動。

㉙ 厲王：即周厲王。流：流亡。彘：古地名，在今山西霍縣東北。

㉚ 幽、厲：即周幽王、周厲王。

㉛ 忠是害：忠良因此被殺害了。

㉜ 對：通「遂」，盡。欲衷對：想把心裡話都說出來。依韻疑作「欲對衷」。

㉝ 離：通「罹」，遭受。凶：災難。

㉞ 剄（音「井」）：用刀割頸部。而：以。獨鹿：同「屬鏤」，劍名，是吳王夫差賜給伍子胥的劍。

㉟ 喻：說明，表達。

【語譯】

我願意多說些話兒，□□□，時代混亂，討厭善良，不肯對此多用心。掩飾過失，嫉忌賢良，實在都因奸與詐，很少不遇到災殃。

患難啊！邪惡不正最為先，聖人智者不重用，愚人卻亂出主張。前面車子已翻覆，後頭車子還不知道要更張。什麼時候才覺悟！

不知道覺悟，不知道憂苦，迷亂困惑，失去了指導，因此上下高低都顛倒。衷情不能向上級反映，好像蒙上了眼睛，遮住了耳朵，堵塞了溝通的途徑。

溝通的途徑被堵塞了，實在更迷亂困惑，錯亂昏暗沒有終止的時候。是非都顛倒了，勾結黨派，欺瞞上級，排斥正直的人才。

正直的人被排斥，內心實在無法度，奸邪不正，彎彎曲曲，找不到正確的道路。自己不必怪罪別人，難道我偏偏就美好，沒有一點兒錯誤！

不知道自我警惕，以後還會有事故，剛愎自用，將錯就錯，不肯反悔改過。小人多得勢，說話反覆無常，只講表面的工夫。

世人的表面工夫，不如多防備。他們爭寵愛，害賢能，互相攻擊猜忌。妬忌功臣，毀謗賢人，對下勾結黨羽，對上蒙蔽君主。

君王被蒙蔽了，就會失去輔佐和權勢；任用了小人，不能再控制。像郭公長父的變亂，就使周厲王流亡於彘。

周幽王、周厲王，所以會失敗，都是因為不聽規勸，而把忠良殺害。嗟嘆我算什麼人，偏偏生不逢辰，活在變亂的時代！

想要傾訴衷心話，只怕說了沒人聽，只怕成為伍子胥，身遭不幸。他進諫，君王不聽從，用獨鹿劍來自刎，被拋進江中。

觀察古代的史實，藉以警惕自己，治亂是非都可以看得清楚。□□□□，藉著這演唱的曲調，來表達內心的感觸。

請成相，言治方❶，君論有五約以明❷。君謹守之，下皆平正國乃昌。

臣下職❸，莫游食❹，務本節用財無極❺。事業聽上❻，莫得相使一民力❼。

守其職，足衣食，厚薄有等明爵服❽。利往卬上❾，莫得擅與孰私得❿？

君法明，論有常⓫，表儀既設民知方⓬。進退有律⓭，莫得貴賤孰私王？

君法儀⓮，禁不為⓯，莫不說教名不移⓰。脩之者榮，離之者辱孰它師⓱？

刑稱陳⓲，守其銀⓳，下不得用輕私門⓴。罪禍有律，莫得輕重威不分。

請牧基，明有祺㉑，主好論議必善謀。五聽脩領㉒，莫不理續主執持㉓。

聽之經㉔，明其請㉕，參伍明謹施賞刑㉖。顯者必得，隱者復顯民反誠㉗。

言有節㉘，稽其實㉙，信誕以分賞罰必㉚。下不欺上，皆以情言明若日㉛。上通利㉜，隱遠至㉝，觀法不法見不視㉞。耳目既顯，吏敬法令莫敢恣㉟。君教出㊱，行有律，吏謹將之無鈹滑㊲。下不私請㊳，各以宜舍巧拙㊴。臣謹脩㊵，君制變㊶，公察善思論不亂㊷。以治天下，後世法之成律貫㊸。

【注釋】

❶ 治方：治理國家的方法。

❷ 論：理論，原則。君論有五：君主必須遵循的原則有五項，即下文從「臣下職」到「刑稱陳」各節所闡明的思想。約以明：既簡要又明確。

❸ 臣下：泛指官吏和百姓。職：堅守職位。

❹ 游食：游手好閑，好吃懶做。

❺ 務本節用財無極：盡力農事，節省開支，財物就會無窮盡。

❻ 事業聽上：辦一切事情都聽從君主。

❼ 相使：彼此役使。一民力：統一民力。

❽ 爵服：爵位，服色。古人藉此表示不同的等級。

❾ 往：疑當作「隹」，同「唯」，只有。卬：同「仰」，依賴。利隹卬上：官吏百姓所得財物只能仰賴君主給予。

❿ 莫得擅與孰私得：不能擅自給予別人財物，那麼誰還能私下得到什麼呢？

⓫ 論：判斷，決定。常：常規。

⓬ 表儀：準則。方：方向。

⓭ 進退：指官吏的任免、升降。律：規則，制度。

⓮ 儀：準則。君法儀：君主所定的法制就是行動的準則。

⓯ 禁不為：禁止不依照法制的行為。

⓰ 說：通「悅」。名：自命。

⓱ 師：效法。孰它師：誰還敢去學他做違背法制的事情呢？

⓲ 稱：恰當，符合。陳：陳設，指公布。

⓳ 垠：通「垠」，界限。

⓴ 得：能。私門：指貴族私人勢力。

㉑ 祺：吉祥，好處。明有祺：君主明察，必有吉祥。「祺」、「基」二字原互錯，據文義改。

㉒ 聽：判斷獄案。五聽：指斷獄中要實行辭聽、色聽、氣聽、耳聽、目聽。一說，五聽指五種處理政事的原則，即上文講的「君論有五」。脩領：治理。

㉓ 續：當作「績」，事。莫不理續主執持：在君主的掌握之下，百官莫不各守其職。

㉔ 聽之經：聽政之道。

㉕ 請：通「情」，實情。

㉖ 參伍：同「三五」，反覆多次的意思。參伍明謹施賞刑：經過反覆多次地了解，清楚情況，然後謹慎地實行賞罰。

㉗ 反誠：歸於誠實。反：同「返」。

㉘ 節：法度。

㉙ 稽：考察。

㉚ 信誕以分：真的和假的就能分辨清楚。賞罰必：賞罰必定嚴明。

㉛ 皆以情言：都說實話。

㉜ 通利：不蔽塞。

㉝ 隱遠至：隱藏的和遠處的情況都能了解。

㉞ 觀法不法見不視：能夠看到合法的和不合法的事情，看出別人看不出的地方。

㉟ 恣：放縱，隨心所欲。

㊱ 教：教令。

㊲ 將：做，執行。鈹：通「頗」，邪曲。滑：同「猾」，狡詐。吏謹將之無鈹滑：官吏認真執行法令，不敢胡作非為。

㊳ 私請：以私情請託。

㊴ 各以宜：各盡職守。「以」字下疑有一「所」字。舍巧拙：不去做那種「私請」等營私取巧的事。

㊵ 謹脩：謹慎地遵循法令。

㊶ 制變：掌握變革法令的權力。

㊷ 公察善思：公正地考察，又善於思索。論：即上文「君論有五」的論。

㊸ 貫：原是古時穿錢用的繩索，這裡引申為組成系統。律貫：法律系統，法的規範。後世法之成律貫：後代的君主效法它，成為治國的規範。

【語譯】

請聽我演唱成相歌，說說治國的方向。君王遵循原則有五項，簡要又明朗。君王應該謹守它，下屬都會平順正當，國家就會更富強。

臣下的職分，千萬不要好玩兼貪吃，專心農業，節省開支，財物就會用不盡。一切事情聽上級，千萬不要互相指使，集中民力來做事。

謹守他的職分，滿足他的衣食，厚薄輕重有等級，確定官爵的制服。財物仰賴君王來供給，不可私下相授與，這樣還有誰私下圖利？

君王法令要分明，評斷有常規，準則已經建立了，人民就知道遵循的方向。進退升降有制度，千萬不要亂賞罰，這樣還有誰私下討好君王？

君王法令有準則，處罰不遵守的，就沒有人不高興接受教化，君王的名望也就不會改變了。遵循它的人就得到榮耀，違背它的人就自取其辱，這樣還有誰會去學壞呢？

刑法恰當又公開，嚴格遵照它規定，臣下不得擅用法，對權貴私人輕用刑。犯罪刑罰有規定，不可隨便減輕或加重，這樣君王的權威才不會消失。

請聽管理國家的根本，明白了就有好處，君王喜歡評論事情，一定就善於計畫布置。五項聽政原則修習領會了，沒有事情不能去處理主持。

聽政的道理，在於察明它實情，三次五次，反覆查明又謹慎，然後才把賞罰來執行。明顯的事情一定要查清，隱瞞的部分也一定要再弄分明，這樣人民自然會歸於忠誠。

說話有禮貌，還要考察它真不真，真的假的要分清楚，賞罰才能贏得信任。下屬不欺瞞上級，都把實情說出來，一切光明像白日。

君王通達不蔽塞，隱晦遠處都看得清，看到合法不合法的，看到別人看不到的事情。耳目既然清清楚楚，官吏自然敬畏法令，不敢隨便任性。

君王教令頒布了，一切行為有依據，官吏小心去執行，不敢偏頗使狡詐。下屬不敢私下請託，各自盡了他職分，不敢玩弄什麼花樣。

臣下謹慎守法令，君王控制變革權，公正考察，深刻思辨，五項原則不紛亂。藉此用來治天下，後代效法它，系統一貫成規範。

析論

〈成相〉選自《荀子》第二十五篇，應該是荀子晚年的作品。

據梁啟雄的《荀子柬釋》說，「成」有二義：一是成就的意思，一是指樂曲的演奏或演唱。「相」亦有二義：一是治理的意思，一是指以音聲相勸的送杵聲。「成相」合而觀之，一是指成就治理國家的偉業，一是指合唱舂米歌。因此，荀子的這篇作品，題目的含義是語意雙關的。

事實上，「成相」也是戰國以後一種特定的文學體製，這可以從《漢書．藝文志》雜賦中有「成相雜辭十一篇」等事實看出來。荀子的〈成相篇〉，就採用了當時民間流傳的舂米歌曲，以文學形式來表達他的政治思想。

全文可以分為三大段，每一大段都以「請成相」作開頭，然後觀今鑒古，談治亂之道。也有人為了便於讀者，更求簡明，將第一、二大段又分為兩段的。因為文句簡短，而且有押韻，所以可以琅琅上口。它和〈賦篇〉一樣，都是荀子運用優美的文學形式，例如大量運用排比、頂真手法，所寫的反映政治思想的文章。不過，〈賦篇〉是辭賦，而這篇〈成相〉則是介乎賦與歌謠之間。盧文弨就以為這篇音節是後世彈詞之祖。

在這篇歌謠體的文章中，作者應用了一些古代的歷史故事和傳說人物，說明了他理想中的聖王和賢相，應該是什麼樣的形象。他主張崇尚禮法，加強政教，刑賞分明，尚賢使能，並且主張發展農業，節省開支，廢止百家雜說，實施中央集權，可以看得出來，他的思想，揉合了儒家、法家等等的色彩。

關於荀子及其作品的介紹，請參閱本系列叢書《先秦諸子散文》部分，此不贅言。

【附錄】

古文學的欣賞

朱自清

新文學運動開始的時候，胡適之先生宣布「古文」是「死文學」，給它撞喪鐘，發訃聞。所謂「古文」，包括正宗的古文學。他是教人不必再做古文，卻顯然沒有教人不必閱讀和欣賞古文學。可是那時提倡新文化運動的人如吳稚暉、錢玄同兩位先生，卻教人將線裝書丟在茅廁裡。後來有過一回「骸骨的迷戀」的討論，也是反對做舊詩，不是反對讀舊詩。但是兩回反對讀經運動，卻是反對「讀」的。反對讀經，其實是反對禮教，反對封建思想；因為主張讀經的人，是主張傳道給青年人，而他們心目中的道，大概不離乎禮教，不離乎封建思想。強迫中小學生讀經，沒有成為事實，卻改了選讀古書，為的是了解「固有文化」。為了解固有文化而選讀古書，似乎是國民份內的事，所以大家沒有說話。可是後來有了「本位文化」論，引起許多人的反感；本位文化論跟早年的保存國粹論同而不同，這不是殘餘的而是新興的反動勢力。這激起許多人，特別是青年人，反對讀古書。

可是另一方面，在本位文化論之前，有過一段關於「文學遺產」的討論。討論的主旨是如何接受文學遺產，倒不是揚棄它；自然，討論到「如何」接受，也不免有所分別揚棄的。討論似乎沒有多少具體的結果，但是「批判的接受」這個廣泛的原則，大家好像都承認。接著還有一回範圍較小、性質相近的討論。那是關於《莊子》和《文選》的。說《莊子》和《文選》的詞彙可以幫助語體文的寫作，的確有些不切實際。接受文學遺產，若從「做」的一面看，似乎只有寫作的態度可以直接供我們參考，至於篇章字句，文言語體各有標準，我們儘可以比較研究，卻不能直接學習。因此許多大中學生厭棄教本裡的文言，認為無益於寫作，他們反對讀古書，這也是主要的原因之一。但是流行的《作文法》、《修辭學》、《文學概論》這些書，舉例說明，往往古今中外兼容並包，青年人對這些書裡的「古文今解」倒是津津有味的讀著，並不厭棄似的。從這裡可以看出青年人雖然不願信古、不願學古，可是給予適當的幫助，他們卻願意也能夠欣賞古文學，這也就是接受文學遺產了。……

人情或人性不相遠，而歷史是連續的，這才說得上接受古文學。但是這是現代，我們有我們的立場。得弄清楚自己的立場，再弄清楚古文學的立場，所謂「知己知彼」，然後才能分別出哪些是該揚棄的，哪些是該保留的。弄清楚自己的立場，也就算是批評；「批評的接受」就是一面接受著，一面批評著。自己有立場，卻並不妨礙了解或認識古文學，因為一面可以設身處地為古人著想，一面還是可以回到自己立場上批判的。這「設身處地」是欣賞的重要的關鍵，也就是所謂「感情移入」。個人生活在群體中，多少能夠體會別人，多少能夠為別人著想。關心朋友，關心大眾，恕道和同情，都由於設身處地為別人著想；甚至「替古人擔憂」也由於此。演戲，看戲，一是設身處地的演出，一是設身處地的看入。做人不要做壞人，做戲有時候卻得做壞人。看戲恨壞人，有的人竟會丟石子甚至動手去打那戲臺上的壞人。打起來確是過了分，然而不能不算是欣賞那壞人做得好，好得教這種看戲的忘了「我」。這種忘了「我」的人顯然沒有在批判著。有批判力的就不至如此，他們欣賞著，一面常常回到自己，自己的立場。欣賞跟行動分得開，欣賞有時可以影響行動，有時可以不影響，自己有分寸，做得主，就不至於糊塗了。讀了武俠小說就結伴上峨眉山，的確是糊塗。所以培養欣賞力同時得培養批判力；不然，「有毒的」東西就太多了。然而青年人不願意接受有些古書和古文學，倒不一定是怕那「毒」。他們的第一難關還是語言文字。

打通了語言文字這一關，欣賞古文學的就不會少，雖然不會趕上欣賞現代文學的多。語體翻譯的外國古典可以為證。語體的舊小說如《水滸傳》、《西遊記》、《紅樓夢》、《儒林外史》，現在的讀者大概比二三十年前要減少了，但是還擁有相當廣大的讀眾。這些人欣賞打虎的武松，焚稿的林黛玉，卻一般的未必崇拜武松，尤其未必崇拜林黛玉。他們欣賞武松的勇氣和林黛玉的癡情，卻嫌武松無知識，林黛玉不健康。欣賞跟崇拜也是分得開的。欣賞是情感的操練，可以增加情感的廣度、深度，也可以增加高度。欣賞的對象或古或今，或中或外，影響行動或淺或深，但是那影響總是間接的；直接的影響是在情感上。有些行動固然可以直接影響情感，但是欣賞的機會似乎更容易得到些。要培養情感，欣賞的機會越多越好；就文學而論，古今中外能欣賞越多越好。這其間古文和外國語學都有一道難關——語言文字。外國文學可用語體翻譯，古文學的難關該也不難打通的。

我們得承認古文確是「死文字」，死語言，跟現在的語體或白話不是一種語言。這樣看，打通這一關也可以用語體翻譯。這辦法早就有人用過，現代也還有人用著。記得清末有一部《古文析義》，每篇古文後邊有一篇白話的解釋，其實就是逐句的翻譯。那些翻譯夠清楚的，雖然囉唆些。但是那只是一部不登大雅之堂的啟蒙書，不曾引起人們注意。五四運動以後，整理國故引起了古書今譯。顧頡剛先生的〈盤庚篇今譯〉(見《古史辨》)，最先引起我們的注意。他是要打破古書奧妙的氣氛，所以將《尚書》裡詰屈聱牙的這〈盤庚〉三篇用語體譯出來，讓大家看出那「鬼治主義」的把戲。他的翻譯很謹嚴，也夠確切；最難得的，又是三篇簡潔明暢的白話散文，獨立起來看，也有意思。近來郭鼎堂先生在〈由周代農事詩論到周代社會〉一文(見《青銅時代》)裡翻譯了《詩經》的十篇詩，〈風〉、〈雅〉、〈頌〉都有。他是用來論周代社會的，譯文可也都是明暢的、素樸的白話散文詩。此外還有將《詩經》、《楚辭》和《論語》作為文學來今譯的，都是有意義的嘗試。這種翻譯的難處在乎譯者的修養；他要能夠了解古文學，批判古文學，還要能夠照他所了解與批判的譯成藝術性的或有風格的白話。

翻譯之外，還有講解，當然也是用白話。講解是分析原文的意義並加以批判，跟翻譯不同的是以原文為主。筆者在《國文月刊》裡寫的〈古詩十九首集釋〉，葉紹鈞先生和筆者合作的《精讀指導舉隅》(其中也有語體文的講解)，浦江清先生在《國文月刊》裡寫的〈詞的講解〉，都是這種嘗試。有些讀者嫌講得太瑣碎，有些卻願意細心讀下去。還有就是白話註釋，更是以讀原文為主，這雖然有人試過，如《論語》白話註之類，但只是敷衍舊註，毫無新義，那註文又囉哩囉唆的。現在得從頭做起，最難的是註文用的白話，現行的語體文裡沒有這一體，得創作，要簡明樸實。選出該註釋的詞句也不易，有新義更不易。此外還有一條路，可以叫做擬作。謝靈運有〈擬魏太子鄴中集〉，綜合地擬寫建安詩人，用他們的口氣作詩。江淹有《雜擬詩》三十首，也是綜合而扼要的分別擬寫歷代無名的五言詩人，也用他們自己的口氣。這是用詩來擬詩。英國麥克士．比羅姆著《聖誕花環》，卻以聖誕節為題，用散文來綜合的、扼要的擬寫當代各個作家。他寫照了各個作家，也寫照了自己。我們不妨如法炮製，用白話來嘗試。以上四條路都通到古文學的欣賞；我們要接受古代作家文學遺產，就可以從這些路子走近去。

（選自《朱自清古典文學論文集》）

先秦文學導讀 1

先秦詩辭歌賦

編著：吳宏一
責任編輯：曾淑正
內頁設計：Zero
封面設計：丘銳致
企劃：葉玫玉

發行人：王榮文
出版發行：遠流出版事業股份有限公司
地址：台北市南昌路二段八十一號六樓
郵撥：0189456-1
電話：（02）23926899
傳真：（02）23926658

著作權顧問：蕭雄淋律師
二〇一九年十一月一日　初版一刷（印數：一五〇〇冊）
售價：新台幣三六〇元

ISBN 978-957-32-8644-8（平裝）
YLib 遠流博識網 http://www.ylib.com
E-mail: ylib@ylib.com

國家圖書館出版品預行編目（CIP）資料

先秦詩辭歌賦／吳宏一編著．-- 初版．
-- 臺北市：遠流，2019.11
面；　公分．--（先秦文學導讀；1）
ISBN 978-957-32-8644-8（平裝）

1. 中國文學史　2. 先秦文學　3. 文學評論

820.901　　108014541